ハヤカワ文庫 SF
〈SF2228〉

宇宙英雄ローダン・シリーズ〈593〉

コスモクラートの敵

トーマス・ツィーグラー&エルンスト・ヴルチェク
若松宣子訳

JN230334

早川書房
8344

日本語版翻訳権独占
早　川　書　房

©2019 Hayakawa Publishing, Inc.

PERRY RHODAN

FEIND DER KOSMOKRATEN

DEKALOG DER ELEMENTE

by

Thomas Ziegler

Ernst Vlcek

Copyright ©1984 by

Pabel-Moewig Verlag KG

Translated by

Noriko Wakamatsu

First published 2019 in Japan by

HAYAKAWA PUBLISHING, INC.

This book is published in Japan by

arrangement with

PABEL-MOEWIG VERLAG KG

through JAPAN UNI AGENCY, INC., TOKYO.

目次

コスモクラートの敵

登場人物

レジナルド・ブル（ブリー）……………ペリー・ローダンの代行
ジュリアン・ティフラー…………………自由テラナー連盟（ＬＦＴ）首席テラナー
エルンスト・エラート……………………メタモルファー
タウレク
ヴィシュナ……………………………………コスモクラート
シ＝イト………………………………………ブルー族ガタス人
１＝１＝クアソグ…………………………技術エレメント。《マシン十二》船長
トコ・タトク（タトクス）
クムル・アチョト（アチョトス）………仮面エレメント。ハルト人に擬装
緋衣の歌い手…………………………………空間エレメント
大騒ぎチャン…………………………………精神エレメント
カッツェンカット…………………………指揮エレメント。ゼロ夢見者

コスモクラートの敵

トーマス・ツィーグラー

1

さて、かれは夢をみていた……

夢のなかで、いくつもの漆黒の空間をすべりぬけ、光り輝く急斜面にはさまれた底なしの奈落を跳びこえた。

夢をみるあいだ、時間はとまっている。時の歩みは鋼よりも強く、夜の影のなかに訪れる朝のように目に見えないが、かれはそこから引きはなされる。

夢のなかで、かれはさらに漂流した。暗闇しかない空虚空間へと、金属のように音をたてる冷たさの奥へと。夢のなかでは、かれに肉体はなく、目と耳もなく、顔も肌もなく、気体のように軽《かろ》やかで自由だ。不可視の姿で顔のないままそこへ飛んでいき、あらゆる方向に大きく口を開けている峡谷の深淵を見つめる。なにも見えないが、ときおり穴の底が見えたように思った。錯覚を見ているわけではないという確信はけっしていだけなかったのだが。ひょっとすると、それはメタ銀河の光にすぎなかったのかもしれない。宇宙の水素ガスの渦のなかで崩壊し、確実性もないまま、いつかはいずれ安定すると約束されたような銀河のことだ。

それはどうでもよかった。

かれはあまりに年老いてしまい、世界について幻想をいだくことはもはやなく、命の公平さも、真実が嘘に勝利することも信じていない。夢の制約のなさは、宇宙が自分にものごとを信じやすくさせるために用意した、あらゆる錯覚の立証のように感じられる……たしかさも、かたい土台も、安定性も、世界が確実だと思えるような場所も、どこにもない。ただ、揺れ動く地面とすべてをのみこむ時の流砂についての錯覚が引き起こされるだけだ。

そういうわけで、かれは約束された命も、世界がさしだしてくる不確実な真実も聞き流した。存在の法則にしたがい、嘘をもとめ、錯覚を期待した。命はあざむくものだし、あざむかれることを望んでいるからだ。

かれは夢をみていた。夢のなかでは自身の肉体からとてつもなく遠ざかり、目や神経索や脳細胞からはなれるにもかかわらず、目がさめた状態で物質という監獄にいるときよりも明晰に見える。自分の周囲をとりまく暗闇を、光子が旅するのも見た。数が膨大なのに、光子は孤独で隔絶されている。非常な速度にもかかわらず、すべての恒星が生まれて死んでいっても、光子の旅は終わらない。あるとき、住民に銀河系と呼ばれている銀河を通りすぎた……肉体的にではなく精神的に。それは、黒い海のなかのきらめくひとつの島だった。車輪のように広大に、かれの下にひろがっていて、深さ数十億光年もの深淵のけわしい壁面にある、ごくちいさな棚のようなものだった。

かれは速度をあげた。

夢のなかでの速度は肉体的な力とは関係なく、意志が重要になる。銀河系はますます遠ざかり、かれは銀河間の空虚空間につつみこまれた。

この空虚空間には音があった。

耳がなくても聞こえる。きしむような音、極寒の冬のさなかに寒さのためにかたくなった氷が引き起こすような音だ。このきしみ音は空虚空間のなかで響く唯一の音で、新来の客のようなものであり、この宇宙がこれまでに経験したどんなものより異質だった。きしみが大きくなったとき、かれは速度を落として、亀裂や隙間、宇宙空間の裂けた構造、あちこちで口を開けているぎざぎざの穴を見つめた。未知の客は、この開口部を抜けて空虚空間に入りこみ、その呼吸が霧氷のように空虚空間にひろがったのだ。

〝夢見者〟はからだを置いてきたけれど、未知の客がひろげる死をもたらす冷気を感じた。この宇宙空間で絶対零度という概念であらわされる冷たさとはまったく関係のない冷気。これは空間をも凍らせ、その構造を硬直させてとてつもない緊張状態を引き起こし、破裂させる。また、高速で移動する光をも減速させ、凍結させる。光が結晶化して重くなりすぎ、光子が散弾のように時空間のバリアを突きぬけ、跡形もなく消滅するまで。

冷気は周囲を侵食しつづける。

ひろく分散し、はてしなくひろがる漆黒の台地にのこる雪片のようになり、いまはすでにひとつの模様を描きだしている。中空の球だ。その球が、ぽつんと浮かぶ薄暗い光点を無慈悲にとりかこんでいた。空虚空間の砂漠にあるオアシスのようなこの光点に近よってみると、それはほぼ二百の点に分かれる。人工の恒星だった。

そのなかに酸素惑星がひとつある。

ここは銀河系から二十八万九千四百十二光年の距離にある、球状星団M－13。空虚空間のこの惑星は、二百の太陽の星と名づけられている。銀河系諸種族と同盟を組む生体ポジトロン・ロボット、ポスビの故郷である文明世界だ。しかし、それは表面的なことがらにすぎない。夢見者は長い生涯のあいだに、表面の下にひそむもの、ものごとの真実の姿を見ることを習得していた。

二百の太陽の星は、この銀河団に数多くある〝クロノフォシル〟のひとつである。クロノフォシルは、夢見者が全身全霊で仕えてきた純粋理性のからだに刺さる棘《とげ》のようなものだ。おのれの前任者たちも後任者たちも、同じ純粋理性に仕える道をたどる。かれはこの棘を抜きとらなくてはならず、またそのための道具を持っていた。

九つの道具だ。

道具のひとつが冷気エレメントだった。これはすでに投入し、夢見者の命令により冷たい壁を建設している。この作業は順調に進み、遠くない将来に終了するのが予想されたので、かれは満足だった。気体のような状態で引きさがり、銀河系に向かって飛ぶ。その東端に青い炎があるのを鋭い非物質の目がとらえたのだ。炎は強大な嵐のように星の海を切り分け、直径十光年におよぶ航路をつくりだしていた。そこには恒星も、塵《ちり》も、惑星も、彗星もない。

かれの目的地はあの炎だ。

銀河全体が燃焼すれば、炎は消えるにちがいない。

夢見者カッツェンカット……〝指揮エレメント〟が目ざめたのだ。

2

カッツェンカットはゼロ夢をみたあと、いつものように疲労困憊《こんぱい》し、目が見えない状態で横になったまま、《理性の優位》の手によるマッサージを受けていた。夢見者の宇宙船内から伸びるグリーンの手は、船全体と同じくフォーム・エネルギーでできている。目的地では、実体で存在することがもとめられるのだが。

数年、数十年の時がたつうちに昔の写真が色あせるように、しだいにカッツェンカットの意識のなかでも銀河間の空虚空間の光景は色が薄くなり、完全に消えた。無重力の感覚や、あらゆる物質的なものから隔離された感覚もなくなる。ふたたび、自身の弱々しく小柄なからだの重さを感じた。身長百二十センチメートル程度で、肌は青白く、がっちりした短い脚にも八本指の手がついた両腕にも関節はない。腕は立っていると地面に触れるほどの長さだが、いまは横になっていた。やわらかいフォーム・エネルギー製の枕に頭をのせている。頭は平たく無毛で、へりがまるくなった白い煉瓦を思わせる。

カッツェンカットは足の指を動かした。

ゼロ夢の労苦に反応して緊張していた神経系は、すでにおさまっている。夢をみるときは、メンタルの旅に必要なエネルギーを調達するために、からだの新陳代謝が促進されるのだ。夢をみる時間が長くなるほど、あるいは意識が肉体のおおいから遠くはなれるほど、より多くのエネルギーが費《つい》やされる。

今回のメンタルの旅は壮大なものだった。

銀河イーストサイド辺縁部のヴリジン星系から、銀河間空間の外側の虚空に浮かぶ二百の太陽の星の近くまで向かったのだ。ほぼ二十五万光年の距離である。あまりに遠すぎて、冷気エレメントをテレパシーで操作し、状況について概観以上の情報を得ることはできなかった。

心臓が大きな音をたてて速く打っている。そのはげしさに、胸のなかではじけるのではないかと心配になるくらいだ。

こんなに遠い旅は将来はひかえたほうがいいと、かれはぼんやり考えた。あまりはるか遠くへ行きすぎると、いつかは精神と肉体を結びつける目に見えない臍帯《さいたい》がちぎれて、死ぬかもしれない。死ぬ……

《理性の優位》のフォーム・エネルギーの両手のマッサージがつづくあいだに、かれはいくらか身じろぎをした。

死について考えることはほとんどなかった。すでに非常に長いあいだ生きていて、死は観念のなかの哲学的な構想、思考の遊戯でしかなくなっている。あらゆる哲学と同じく、無為で不要のものだ。死が襲うのは他者だけ。カッツェンカットは取引を結んでいるため、死をまぬがれる。不死の対価としての服従だ。服従するかぎり、かれは生きつづけるだろう。

公平な取引だと、夢見者は満足して考えた。

呼吸の練習をはじめる。

直方体の頭の前面についた左の口は、右の口と同じように唇がない。左右の口は指の爪ほどの大きさの軟骨によって分かれている。かれはその左の口を開き、酸素の多い空気を深く吸いこんだ。手ほどの長さの、軟骨でできた呼吸頸が、息をするリズムに合わせて軽くひろがる。かれが気づかないうちに、グリーンの床からフォーム・エネルギーのチューブが蛇のように伸びて、右の口に入りこんだ。ルーチン作業だ。かれは摂食口の筋肉リングを自動的に閉じて、液状食糧を吸いこむ。液体は美味で温かく、摂食頸から胃までおりていき、胃から心地よい温かさがからだ全体にひろがった。

液状食糧に混ぜられたエネルギー成分が急速に効果を発揮しはじめ、からだのだるさも消えて、頭をかこむ赤い斑点が明るくなった。感度の高い色素センサーが外界の刺激を受けとめ、視覚、聴覚、嗅覚中枢に送る。

夢見者は天井を見あげた。これもグリーンのフォーム・エネルギー製の丸天井で、床や壁と同様、なめらかだ。

満腹になると、船載脳にテレパシー・インパルスを送った。食糧の流れがとまり、チューブが床にもどっていく。マッサージ用の手は、カッツェンカットの寝ているくぼみとふたたび一体化した。かれはまだしばらくまどろみ、ゼロ夢によって脳内にひろがったメンタル・エコーに耳をすませようとする。だが、時間が迫っているのはわかった。

敵はまもなくやってくるだろう。罠の準備をしなくてはならない。

かれは突如、立ちあがった。

くぼみがふくらみ、まるくなってシートのかたちになる。夢見者はそこにすわった。

「現在位置を確認したい」かれはいった。その声は明るく響き、ほとんど子供のようだった。声に出さなくても《理性の優位》に指示を理解させられるのはわかっているが、ゼロ夢から精神的に解きはなたれ、肉体的な存在に慣れるのには役だつ。

向かいの壁のグリーンがホログラム映像のための場所をつくりだす。

オレンジがかった黄色の恒星、宇宙空間の漆黒、酸素惑星の明るい三日月。周回軌道上には数百もの未知物体が見えた……円盤艦と、少数の大型宇宙ステーションである。

さらに《マシン十二》があった。半径五十キロメートルの半球がふたつ、それぞれの極でつながっており、半球の巨大な断面は構造物におおいつくされている。ふたつの船体のあいだには、巨大な駆動リングが自転する。

これらの宇宙ステーションと未知の円盤艦は……ブルー族、と、カッツェンカットは考えた。宇宙ステーションと艦内にいる生物はブルー族と名乗っている……エネルギー発生をおさえるため、エンジンと防御バリアを切っていた。ハイパーカムと光速通信用の周波も切っていて、個々の艦同士や惑星との連絡はとだえている。

カッツェンカットの予想どおりだった。

ヴリジン星系にジャンプする前、かれはゼロ夢で、惑星カルルジョンと周回軌道上のステーションにいた。すべてのブルー族が戦争エレメントの充分な影響によって純粋理性に啓蒙されたわけではなかったからだ。あちこちでまだ戦いが荒れ狂い……ゼロ夢見者の計画を打ち破りかねなかった。この危険を排除するため、かれは予定より早く動き、強大な《マシン十二》に随行されて星系にあらわれたのだ。そこで技術エレメントが暗示プロジェクターにより、戦いを終了させた。

ヴリジン星系はいま、ヒュプノ睡眠状態にある。

しかし、急いでまた目ざめさせなくてはならない。外から炎の標識灯がたえず接近している。すでにほかの星々にしたように、恒星ヴリジンと十八の惑星を〝宇宙襞《ひだ》〟に保管しようとしているのだ。そして、この炎の標識灯を敵が追っている。

カッツェンカットの色素センサーが、酸素を充分ふくんだ血液のような明るい赤色から、くすんだ色に変わった。

かれが〝エレメントの十戒〟をひきいるようになってから、混沌の勢力と互角になりうる敵はまったくいなかった。直面する問題を解決するために行使できる九つの道具は、数はすくないかもしれないが、その体現する力は、宇宙の広大さのなかでも比類なきものだ。必要であればカッツェンカットは、レーザー・メスの精密さ、あるいは爆弾のような残忍さをもって道具を投入することができた。冷気エレメントにはむかう者は戦争エレメントの犠牲になり、戦争エレメントの影響を逃れる者は技術エレメントに屈服させられる。技術エレメントに抵抗する者は、時間エレメントの攻撃にさらされる自身の姿を見ることになる……

それでもまだ屈しない者には、暗黒エレメントが用意されている。

この銀河系でくりひろげられる戦いにおいて、暗黒エレメントを呼びだすことを強いられると想像すると、かれはぞっとした。十戒のなかでも最終手段にあたるこのエレメントが最後に投入されたのは、ほぼ三千年も前のことだが、その記憶はなお鮮明で、《理性の優位》のなかで安全な状態にあっても、冷たい恐怖につつまれてしまう。同時に、状況がもとめるならば自分はそれを実行するだろうということもわかっていた。敗北という結果は、暗黒エレメントが引き起こすものすべてよりも恐ろしいからだ。

カッツェンカットはふたつの口を不機嫌にゆがめた。

自分ははるか上位にいる。戦いはまさにはじまったばかりで、冷気と戦争の両エレメントによって達成された成果は吉兆だ。空虚空間にあるポスビのいくつかの基地惑星はすでにマイナス宇宙に転落し、冷気エレメントは二百の太陽の星をかこむ包囲網をせばめていた。おまけに、敵は呪わしき人工産物ゴルゲンゴルの早すぎる起爆を迫られ、知ってか知らずか防衛を強いられている。抵抗勢力はこのヴリジン星系で、もっとも重要な首領を失うことになるだろう。

「コスモクラートを！」カッツェンカットは大声でいった。それは呪いのように響いた。テレパシーで、《理性の優位》の船載脳に《シゼル》のコースについての最新データを出すように命じる。

一瞬、ホロ・プロジェクションが揺らめいて、オレンジがかった黄色い恒星、惑星の三日月、宇宙船、宇宙ステーションが消えた。未知の星々が出現し、恒星間の漆黒の闇の上に独特のブルーの光がひろがる。炎の標識灯の反射で映像が妨害され、またたく星々が溶けて微光を発する点になるように見える。

映像の質は貧弱だが、カッツェンカットは甘んじて受け入れた。《理性の優位》がコスモクラート船の監視に投入できるのはパッシヴ探知システムだけだとわかっているからだ。高感度走査機で《シゼル》の微弱なn次元散乱線を受信・増強し、コンピュータ・シミュレーションで合成して理解できる映像にしている。アクティヴ探知を使えばはるかに良好な結果がもたらされ、《シゼル》内の状況についての情報さえ得られるかもしれないのだが、コスモクラートを見くびってはならない。好奇心旺盛なスパイに気づかれるリスクが大きすぎる。

船載脳のメンタル・データ流から読みとった情報によると、《シゼル》はヴリジン星系から二十光年弱の距離にあり、まだなお炎の標識灯を追跡している。炎とヴリジンのあいだに恒星はひとつもないが、プシ・エネルギーでできた炎はリニア飛行を中断し、速度を光速の六十パーセントにさげていた。ホログラム映像があらたに変わり、船載脳が炎の飛行中断の理由を鮮明にうつしだす。

星間物質のヴェールだ。それは比較的ちいさく……直径はわずか数光時しかない……密度も低いが、炎が銀河系を横断してつくる先導航路の中央に位置している。

夢見者は軽蔑するような音をたてた。

完璧主義はコスモクラートにとって命取りになるだろう。この星間物質の保管によって、こちらにはヴリジン星系の状況を正常化し、罠を用意する時間が充分できた。

もうすぐだ。炎の標識灯は道をふさがれ、コスモクラートふたりはわが掌中《しょうちゅう》におさまる。

カッツェンカットはテレパシー・インパルスで、船載脳に《マシン十二》をめざすように指示した。フォーム・エネルギー製のシートがさがって、ふたたびくぼみになり、指揮エレメントの頭蓋にある赤い色素センサーが黒くなる。

カッツェンカットはなんなくゼロ夢に入った。

気体のような意識になり、かれの指示どおり《マシン十二》の巨体に接近する《理性の優位》をはなれると、ブルー族の艦に向かって飛ぶ。一秒ごとにカッツェンカットの集中力は高まり、知覚平面のずれが生じて、恒星の灼熱の球、それを緩慢にめぐる惑星、艦船や宇宙ステーションの鋼の外殻のほか、さらにべつのものも見えるようになった。居住者がいるカルルジョンの高原および、数千隻の宇宙船上で光輝を発する、数百万の点だ。

戦争エレメントの発するパラメカ性疑似意識である。ゼロ夢のなかでだけ、このように見ることができるのだ。

さらに《マシン十二》の鋼ガラスの内壁の奥では、光輝を発するべつのオーラが動いていた。色や濃さは戦争エレメントの疑似意識と変わらないが、ゼロ夢見者には違う方法でその特異性がしめされる……言葉以外の方法によって。なぜなら、夢のなかでは言葉が機能しないからだ。

カッツェンカットは《マシン十二》内のオーラを無視した。技術エレメントとは近いうちに、肉体的な存在形式となったさい、遭遇するだろう。そこでかれは、蟹《かに》に似た人工生物のパラメカ性意識に集中する。

かれはその邪悪で冷酷なささやきを聞いた。エレメントはその声を使って宿主のなかに思考を流しこみ、戦いの栄光と名誉について納得させる。それは戦場で死ぬことを意味するのだ。戦争エレメントはいう、戦いは純粋理性の凝縮物だと。戦いは弱さを払拭《ふっしょく》し、強さを強化する。戦いで死ぬ者は生の意味を悟ることになる。生は死を肥やしにするものだからだ。生はおおいつくされることも、弱さという雑草で窒息することもない。だから戦地にいざなうファンファーレに耳をすませ、きたる戦いのために装備せよ。なぜなら、理性の掟が戦いをもとめているからだ。戦いに対する飢えは満たされなくてはならない……

カッツェンカットはこの言葉にひそむ嘘を感じとった。しかし、この世界は嘘の上になりたっているのだ。必要とあれば、錯覚という力を使うつもりだった。

ゼロ夢のなかで戦争エレメントに任務遂行を指示する。宇宙ステーションおよびカルルジョンの抵抗拠点を襲い、分裂して増殖し、まだ蟹を肩にのせていないブルー族の処理を終えるように、と。

〈了解しました〉と、戦争エレメントが答えた。

カッツェンカットは満足して自分のからだにもどった。

3

ヒュプノ睡眠の麻痺状態からさめて靄《もや》が晴れてきたとき、シ＝イトが最初に考えたのは次のことだった……陰険な青い被造物にかけて、どこかの頸なしがわたしのミミズを盗んだ！

悪態をつきながら、胸をつかんだ。だが、宇宙服の外ポケットはまだふくらんでおり、保存用の缶はもとの場所におさまっている。シ＝イトは甲高《かんだか》い声でさえずった。未知の泥棒は想像していたよりも陰険だった……妨害されずにミミズを手に入れるため、わたしに暗示催眠をかけただけでなく、きわめて卑劣なことに、クリームソースの詰まった缶だけをポケットにのこし、こちらに思い違いをさせようとしているのだ。

しかし、わたしはだれにもだまされないぞ！　シ＝イトは立腹した。

マグネット・ファスナーを開き、ポケットから缶をとりだしてふたを開ける。クリームソースの香りによだれがでてくる。白い液体が動きはじめ、ムウルト・ミミズがあらわれた。ソースの表面をあちこち揺れ動くのが、尾なのか、あるいは頭の先なのか、思わず考えこむ。

「こんどはまたいったい、なんです？」ミミズが不機嫌そうにいった。「まだわたしを食べようなどという、いまいましい考えを持っているので？」

シ＝イトは目をしばたたかせ、

「おまえ、盗まれていなかったのか？」と、たずねた。

「そう見えますか？」と、ミミズ。「それはそうと、あなたはわたしの瞑想をじゃましました。この話はあとにできませんか？」

「いつからミミズが瞑想するようになった？」シ＝イトは嘲笑した。「瞑想するにはすくなくとも脳みそが必要だ。だが、おまえはそんなものはひとかけらも持ってない！」

「からだ全体で瞑想しています」ムウルトはいう。「それには脳は必要ではなく、特殊な環境さえあればいい……正確にいえば、ガタスのクリームソースという環境です」

シ＝イトの目に、悪意のこもった光が宿った。

「つまり、脳がないことを認めるのだな？」待ちかまえていたようにいう。

「認めるのは、わたしには毒があるということだけです」ミミズは答えた。

ミミズはクリームソースのなかにもぐった。数秒間、缶のなかでソースが音をたてたが、すぐにまたしずかになる。シ＝イトは不機嫌にふたを閉め、缶を胸ポケットにもどした。

周囲を見まわす。

《トリュリト・ティルル》の司令室は、不気味なほどしずかだった。乗員は自席につき、だれも動かない。男女の肩にいる銀色の蟹だけが脚をせかせか動かし、秘密の知らせを伝えているように見える。突然、エレメントたちが震えはじめた。動きがはげしくなり、蟹に似たからだが中央部分で分割され、最後の関節が裂ける。人工蟹はアメーバのように分裂し、半分になったからだがもとの大きさまでになると、欠けていた六本の脚が発生して、一分ほどで司令室のエレメントの数は倍になった。

すべてが完全に無音の状態で進行した。

ただ、このあいだに天井の照明プレートが暗くなり、ダイオードの光、ディスプレイ、モニターが点滅したことで、エレメントの成長エネルギー源がわかる。シ＝イトには、いくらか温度がさがったようにさえ感じられた。だが、分裂が終わると、すべてがふたたび正常化した。

「神秘の無色の被造物にかけて」シ＝イトはさえずった。「これはなにを意味するのだ？」

頭のなかで声が響いたとき、かれはほとんど身をすくめた。肩の上の戦争エレメントの邪悪なささやき声だった。

〈夢見者がきた〉メンタルの声がささやく。〈かれの指示によって、技術エレメントがヴリジン星系での最近の抵抗を終わらせた。理性という幸せな贈り物をまだもたらされていない、宇宙ステーションのブルー族を啓蒙しなくてはならない。そのための分裂だ。それによって、この星系の最後の知性体も戦いの兵士になる……〉

「りっぱなものだ」シ＝イトがさえずるようにいう。

〈いまはこの星系は静寂だ〉と、戦争エレメントはささやき声で話をつづけた。〈しかし、この静寂は見せかけにすぎない。大きなことが起きて、決定的な戦いがあり、輝かしい勝利がおさめられる。しかし、そうしてすべてが成功するためには、ものごとは変わらなくてはならない。これまで戦いにただ仕えていただけの者は、戦いとひとつにならなくてはならない〉

「ほう！」シ＝イトは熱っぽく答えた。「ようやく、そこまできたか？　われわれは英雄的な死を迎えるのか？　甘い死を？」

すでに何度もかれは、戦争エレメントが混乱したメンタル・インパルスを発してくるのを感じていた。だがもちろん、そんなことはどうでもいい。この寄生生物が自分の言葉の多くに困惑した反応をしめすのを、ただそのままにしていた。

〈冗談めいたことをいうな〉エレメントが怒ったようにたしなめる。〈存在の最高の善であり、戦いにおいて成就される純粋理性を、愚弄《ぐろう》することは許されない！〉

「わたしは愚弄などしない」と、シ＝イト。「そういう主義だから」

〈スクリーンを見ろ！〉銀色の蟹が命じた。

シ＝イトはそれにしたがって、カルルジョン近傍の宇宙空間をしめす大きなパノラマモニターを見あげた。これまで戦争エレメントの恵み深き影響をまぬがれてきたカルル人たちがいる周回軌道上の宇宙ステーションを、二百二十六隻からなるブルー族艦隊が包囲している。カルル人のちいさい防衛艦隊は、最外縁ステーションの高度でさらにひろい迎撃線をつくり、炎の標識灯が異様な宇宙旋風のようにはげしく吹き荒れる恒星間空間で、ひそかにようすをうかがっている。ガタス艦隊の向こう、カルルジョンとオレンジがかった黄色恒星ヴリジンのあいだの宇宙空間に、二隻の未知宇宙船がいた。巨大船と、グリーンに光るはるかに小型の円錐形船だ。

円錐形船が、百キロメートル級の巨船に接近した。

〈夢見者が《マシン十二》に移乗する〉と、邪悪な声がシ＝イトの思考のなかでささやく。〈技術エレメントを使い、コスモクラートのための罠を準備するのだ……コスモクラートは不遜にも、戦いが自分たちをも滅ぼすことなどまったく気づいていない。きみは夢見者のもとへ行き、かれに報告せよ。ただし、夢見者と会うのはきみのからだだけだ。なぜなら、精神は消えるから……ヴリジン星系にいる全ブルー族の意識も同様に。計画の成功が軽薄さや不注意さによっておびやかされないよう、戦いが頭のなかに入りこむのだ。ほかの者はすでに戦いの掌中にある……かれらをよく見ろ、シ＝イト！〉

シ＝イトはいわれたとおりにした。

司令室を見まわし、ギュルガニイ、ユルリイ、ユティフィ、エリュファル、ハネ人ユルンや、コンソールにつくほかの乗員たちを眺める。かれらは硬直したようにすわり、目のなかの憎しみに満ちた光さえ消えていた。これまでは極度の怒りや憎悪にかられて燃えるような視線で世界を見つめていた姿が、いまは無になっている。

しかし、それは星間空間で見られるような虚無ではない。

そこにはべつの性質があった。あらゆる物質や意識が不在というだけでなく、この宇宙とまったく無関係の場所由来のものが肉体化したような姿なのだ。それは感情も価値観も信念も否定している。のこるのは明白な無だけ……そして、その無の奥には、より陰鬱で残忍なものがひそんでいた。

シ＝イトはうっとりして笑いをもらした。

なんとすばらしいのだ。そう考えると同時に、以前なら嫌悪を感じていたものをよろこぶほど堕落した自分を味わっていた。心の奥底では、この変貌の責任が肩の上のエレメントにあるとわかっているが、抵抗感はわきあがらない。憎悪に満ちあふれ、宇宙の戦場での死や、戦いの半狂乱や、戦争によって生命体がおちいる狂気に憧憬《しょうけい》をいだいている。

「かれらは死んでいるのか？」と、たずねた。

〈死んではいない〉銀色の蟹は答えた。〈しかし、かれらの思考は奥深く引きこもっている。夢見者の計画が成功したときに、ようやくまた上に浮かびあがってくるだろう。きみも引きこもるのだ、シ＝イト。わたしを頭とからだのなかに受け入れよ。わたしにすべてゆだねるのだ、シ＝イト……〉

ブルー族は嘲笑するようなささえずり声をあげて答えた。

「いやなこった。あんたの考えはわかっている。あんたがなかに入ったら、わたしは見ることも聞くことも考えることもできなくなる。そうなったら、あんたはまずミミズを食う気だな。悪だくみはお見通しだ。わたしをあざむくことなどできない！」

エレメントはなにもいわなかった。

シ＝イトは、皿頭のまわりに鉄のリングが巻きついて締めつけられるように感じた。その圧力は強くなっていき、肉体的な痛みに変わる。痛みは炎のように頭のなかで燃えあがり、それがからだ全身にひろがっていった。シ＝イトはうめき、自動シートのなかで向きを変え、司令スタンドの波状の床にすべりおち、端末のカバーに皿頭をはげしくぶつけた。

〈さがれ！〉エレメントの声が苦しい意識のなかで響く。〈きみはしたがわなくてはならない！〉

シ＝イトはうめき声をあげた。したがいたい。自身の下意識の奥底にもぐり、あらゆる思考を打ち消し、からだをすべて銀色の蟹にゆだねたい。だが、なにかにじゃまされている。苦痛が増して、エレメントの暴走もはげしくなった。

〈したがえ！〉怒りに燃えた声が響く。

また痛みが強くなり……嵐の夜に稲妻がはしるように、かれのなかに力が芽生えた。精神力ではなく、外から流れこんできた力だ。痛みがおさえられ、戦争エレメントの憎悪に満ちた叫びも沈黙する。この力がシ＝イトの思考を明晰にし、肩に寄生する銀色の蟹が送りこんでくるネガティヴな感情を追いはらった。その感情がかれの理解力を混乱させ、従順な道具にさせていたのだが。

突然、視界が開けた。

生涯でこれほど見えたことはない。なにが起きていたかを悟った。自分は長いあいだ、銀河系に戦いと破滅をもたらすことを唯一の目的としている力の、暗示的な影響下にあったのだ。

困惑して、皿頭を揺さぶる。

振りかえって、コンソール前の生ける死者たちを見つめた。ユティフィもエリュファルも、どんな名前の者も、全員が肩に銀色の蟹をのせて生気を失った目をしている。

だが、わたしは自由だ！　すべてのグリーンの砂の被造物にかけて、自由だ！

心の内に耳をすましたが、なにも聞こえなかった。戦争エレメントは黙っている。蟹はまだ宇宙服にしがみついているが、メンタルのささやきは沈黙している。

かれを痛みと暗示的な影響から解放した力は、不可視の貯蔵庫からまだ意識のなかに流れこんでいて、かれが戦いの奴隷になりはてないように守ってくれていた。

シ＝イトは当惑して甲高い声をあげた。

だれが……あるいはなにが……自分を助けたのだろうか？　自分はいまなにをしたらいいのか？　敵だらけの一星系のなかで孤立し、数百万キロメートルの距離には、エレメントの十戒と呼ばれるものの船があるのだ。夢見者、と、シ＝イトは考えた。指揮エレメント、夢見者カッツェンカット。それがここにきたのは、コスモクラートを罠に誘うためだ！　さらには炎の標識灯をとめるため……その理由は、神秘の無色の被造物のみぞ知る！

行動しなくては！　コスモクラートに警告しなくては！　《シゼル》に……あらゆる善の被造物にかけて、ハンザ・スポークスマンのレジナルド・ブルもヴィールス男のエルンスト・エラートもそのなかにいるのだ！　まったく疑うこともなく、罠にはまろうとしている……

わたしはなにをすべきだろうか？

「ばかですね」そのとき、聞き知った声がいった。その響きだけで、口に唾《つば》がわく。

「唯一のチャンスは演技をつづけること。まだエレメントの影響下にいるようにふるまうんです！」

ミミズだ！　と、シ＝イトは思いいたる。ムウルト・ミミズだ！

「強い毒を持ったミミズですよ」声をひそめてつけくわえる。「よくおぼえておきなさい。わたしを食べたりしたら、どんな運命が待ちかまえているか、話したことがあるでしょう。それに、わたしはあなたの唯一の救いです。協定を結びましょう」

シ＝イトは力なく笑った。

「協定だと？」甲高くいう。「まともなブルー族は、ミミズと協定など結ばない。ムウルト・ミミズとなど、まっぴらだ」

ミミズも笑った。シ＝イトの笑いよりもさらにうつろに響く。

「まともなブルー族なら、ミミズと協定など結ばないでしょう」と、ムウルトは認めるようにいう。「しかし、あなたはまったくまともでないし、多少の理性も持ちあわせていないのだから、抗議は自然と無用になります。それに……わたしがいなくては敗北すると、あなたもわかっているはず。エレメントの影響力からだれが守ってくれていると思うんです？」

シ＝イトはまた皿頭を揺り動かした。どうにか立ちあがり、自動シートに倒れこむ。周囲を見まわした。だれもこちらを見ていない。分裂によって生まれたおびただしい数の銀色の蟹は反重力シャフトに姿を消し、乗員たちはまだ硬直したように席についている。かれらの肩のエレメントは、純銀製の彫像に変身したかのようだ。

本能的にシ＝イトは、すぐにこの光景は変わるだろうと気づいた。エレメントはなにかを待っているらしい……夢見者のあらたな指示か、コスモクラートの到着か。

ブルー族はひとつの結論に達した。

ミミズの助力にたよるしかないという状況におちいったのは、ひとえに陰険な青い被造物のせいかもしれない。しかし、かれは現実主義者なので、不可避なものにはしたがうことにする。

「わかった」小声でさえずる。「了解した。わたしを助けてくれたら、おまえを食べることはあきらめる」すくなくとも、危険がとりのぞかれるまでのあいだだけ……と、心のなかでつけくわえる。

「いいでしょう」

クリームソースが満たされた、ふたの閉まった缶のなかのムウルトは一瞬、黙った。なにか考えているようだ。シ＝イトは思わず自問した。このミミズは、戦争エレメントの暗示的影響を中和するエネルギーをどこから吸収しているのか。おそらく新しいトリックにすぎないだろう、と、自分にいいきかせる。ごちそうとして食べられるという、おのれにふさわしい運命をまぬがれるため、ほんものの知性があると信じさせているだけだ。

「いいでしょう」ムウルトはくりかえした。「では、よく聞きなさい。わたしがエレメントの暗示放射をはねかえしたので、いまやエレメントはあなたのコントロール下にあります。賢く行動すれば、あなたが自由だとはだれにも気づかれません。さしあたり、寄生体の指示にしたがいなさい。コスモクラートがヴリジン星系に到着したら、われわれはともに指揮エレメントの計画を妨害し、タウレクとヴィシュナを助けられるかもしれません。すべてわかりましたか？」

「もちろんだ」シ＝イトは小声でいった。「だが、ほかのエレメントに気づかれないとは……」

「いいえ」ムウルトは話をさえぎった。「その点はすでに考えてあります。わたしが守ります。しかし、いまはこのおしゃべりをやめなくてはなりません。わたしはまだ瞑想中なので。あなたはすべてエレメントのいうとおりにしなさい」

ムウルト・ミミズの声が響いた……この声については、シ＝イトはまだ、自分の耳で感じとっているのか、それとも精神で受けとめているのかわからないのだが。そこへ、かわってべつの声が響いた。よく知っているささやき声、邪悪な声だ。

〈夢見者が呼んでいる。われわれは搭載艇で《マシン十二》に飛ぶ。急ぐのだ。時間がない〉

シ＝イトは跳びあがり、反重力シャフトに急いだ。いうとおりにしろと、ミミズにいわれたから。いまはしたがい、時機をうかがって行動に出るのだ。その後、ヴリジン星系がようやく自由になったら、コスモクラートたちは救われ、敵は追いはらわれる……そうしたら、あらゆる被造物にかけて、ミミズの命をいただくことになるだろう！

かれはシャフトにのみこまれ、急速度で下降した。搭載艇のあるデッキに向かって。

4

カッツェンカットが肉体を持った状態で技術エレメントの《マシン十二》にとどまっていると、いつものように、数分がすぎただけで骨の髄まで冷気がしみわたってきた。皮膚の下にも、肉体の青白い組織のなかにも。かれは凍《こご》え、透明な宇宙服のサーモ調整装置の温度を高く設定しようとしたが、結局、あきらめた。この冷気は、熱だけでは追いはらえないとわかったためだ。

この冷気は温度にはまったく関係ない。あらゆる物質を氷と永久凍結の世界へとさらっていくマイナス宇宙の恐ろしい寒気《かんき》でさえも、これにくらべればおだやかで無害といえるかもしれない。

というのも、この《マシン十二》の冷気は、生物らしさの欠乏や生命の不足からくる感情的な冷たさだからだ。むきだしの金属、角張ったデザイン、あたたかみのある色ややわらかい輪郭の欠如、技術的な機器がたてる空虚な音から伝わってくる。痛みを感じるほど強烈な明かりで照らされた巨大な空間が前にひろがって、見おろしても床は見えず、ただ、無重力の状態で空間にとどまる巨大なプラットフォームがあるだけだ。その上には機器がちいさな山を築いている。鋼ガラスや見慣れない金属合金、フォーム・エネルギーや鈍く光るエネルギー・フィールドなどを、狂気の技師がつなぎあわせたような巨大な塊りだ。

機器の怪物はきわめて黒く、いたるところで輝く光球が発する耐えがたいほどの光の洪水さえものみこんでしまう。その光球……矮小恒星《わいしょう》は消えることなく冷やされて、どこにも影をひろげようとしない。そして光球と同じく、機器を積んだプラットフォームもいたるところにあった。プラットフォームはパイプ、配線、ケーブル、グラスファイバーをつなぎあわせてあるが、あるものは金属や鋼ガラスで、またあるものは分子圧縮プラスティックで、さらにあるものはエネルギー・フィールドや純粋エネルギーで構成されている。直径が数十メートルにおよぶものもあれば、糸のように細いものもある。

これらのプラットフォームの多くから空虚空間に向かって、渡り板が突きでていた。長さは五メートルだったり五十メートルだったりで、手すりはなく、とくに特殊機能もないように見える。これらの鋼の指あるいは道標の大きさの意味は、事情通にしかわからない。かぼそいようすの鋼ガラス製の柱やフォーム・エネルギーが、目眩《めまい》を起こしそうなほどの高さへ、あるいは底なしの深みへ伸びている。奇妙なケーブルの構造物が、プラットフォームの床や機械、柱、渡り板にかかっている。

オゾンに満ちた空気のなかのあちこちに、さまざまな大きさの立方体や球体が漂う。冷たく攻撃的な色のゾーンで、それらはときどき脈打ち、理由は不明だが膨張したり収縮したり、あるいは消滅したりする。べつの場所では空気の組成が変化をくりかえしていた。酸素と窒素にかわり、目に見えない反発フィールドによってたもたれた希ガスが謎の機器の周囲に集中している。気圧と温度も同じように変化をまぬがれず、重力さえ安定しない。どぎついグリーンのフォーム・エネルギーでできた、人間サイズの紡錘に似た物体があり、それは未知の任務をはたすため、数百Gの重力フィールドを必要とする。自転する赤褐色のコイルで、酸化鉄製のように見えるが、近くで観察するとエネルギー的な強固さはなくなる。無重力状態で回転し、イオン化した空気の渦をあらゆる方向に発している。電磁フィールドが荷電したガスの渦を自身の軌道に引きよせ、ガラスの漏斗《ろうと》に流しこみ、そこからクリスタルパイプの密なネットワークに放出するのだ。

すべてを騒音がつつんでいる。低周波のとどろき、圧縮されて爆発のごとく膨張するガスのはてしなくつづく太鼓のような音、無から凝結してこぶし大の構造物にまで成長しては跡形もなく消えるクリスタルのかすかなきしみ音、百の機械ハンマーがたてるような轟音《ごうおん》、強弱をくりかえす口笛のような音、大きく開いたバルブから勢いよく噴出する蒸気のような音。

この音と光のハリケーンのなかで、カッツェンカットの色素センサーは感度を落とし、過剰な刺激から身を守った。一方、夢見者はこのあぶない地獄を抜ける道をひたすら探しだし、透明宇宙服の飛翔装置によって急上昇し、技術エレメントの船を構成するふたつの半球の接点に向かった。そこには《マシン十二》の司令室があり、船長の1＝1＝クアソグがカッツェンカットを待っている。

ときどき遠くに、技術エレメントの数体あるいは集団全体が、プラットフォームのあいだを反重力フィールドで漂いながら、器具アームと把握手を使って作業に従事しているのが見えた。それらは鋼ガラス製の不格好な構造物だ。かたちは立方体、直方体、卵形、球体など。大きさは三、四メートル以下で、青白い被膜の上からアームや脚が出ており、金属やプラスティックやフォーム・エネルギーでできたレセプタ、アンテナ、ケーブルジャック、コンセントがひろがっている。

カッツェンカットにはどうでもいいことだが。

その大きさやかたち、アームの多さなどから、カテゴリー十五、十六、十七のタイプだとわかる。高性能技師、ロボット操縦者、ポジトロニカー、五次元・六次元現象担当者、そのほかたくさんあるタイプは専門的すぎて、保守作業にはもったいない。本来の専門員、技師、科学者、クリエイティヴ技術者はカテゴリー二から五までに属している。管理者や指導者は全員、カテゴリー一だ。

1＝1＝クアソグのように。

カッツェンカットはさらに飛んだ。一キロメートルずつ進み、きわめて薄いフォーム・エネルギー泡でできた司令室が見えるところまで上昇した。ほとんど汚れているような暗青色の光がひろがる。フォーム・エネルギー泡の被膜は絶縁用の薄紙よりも厚みがないのだが、司令室内部のはげしい動きはカッツェンカットの好奇心に満ちた色素センサーにもとらえられない。かれが見たものは、ぼんやりした影と点、真実の姿をかくした明暗のみであらわされる構造物だけだった。

飛翔装置によって、最後の数メートルを進む。

フォーム・エネルギーの暗青色の壁に隙間が生まれた。夢見者がそこを突破すると、隙間は閉じて、《マシン十二》の音と光が遮断された。司令室は快適な静けさにつつまれていた。微光が角張った制御ブロックの無骨さをやわらげている。これは未知の物質でできた正四面体で、銀製にも見えるが、鋼ガラスや分子圧縮鋼より硬い。正四面体の銀色に輝く被膜はなめらかで、ひとつの鋳型からつくられたかのようだった。司令室の薄暗い空間に固定されたように浮いていて、よく見ると、縁からときどき流れては消える色鮮やかな閃光が見えた。

暗青色の微光のなかからプラットフォームが浮かびあがった。縦横四メートルで、カッツェンカットのからだの構造にちょうど合うシートがついている。

夢見者は、プラットフォームが自分のところにくるのを待ち、その人工重力フィールドの影響領域に入った。衝突はほとんど感じられなかったが、重力が大きくなり、カッツェンカットのなじんだ程度に達した。

黙ったまま、シートに腰をおろす。

色素センサーがふたたび明るく高感度になった。《マシン十二》の船長が一制御ブロックの裏から漂いでて接近してくると、視覚、聴覚、嗅覚が働く。1＝1＝クアソグは全長八十センチメートルに満たず、曇りガラスがしずくになったような形状だ。その乳白色のからだのなかに、グレイや黒の斑点、おもちゃのボール大の淡紅色の塊りがある。

カッツェンカットは、からかうような発言をしないようにこらえた。

カテゴリー一タイプのエレメントが自分の有機脳を見せるのは、めったにあることではない。別名〝アニン・アン〟とも称するこれらの構造物が十戒のなかで技術エレメントと呼ばれる理由は、技術と科学の面で卓越しているためばかりではなかった。カッツェンカットはここでも、ほかのすべての場合と同じように、表面の奥にひそむものを見る。アニン・アンはその長い歴史のなかで、当初の有機的な要素をしだいに手ばなしていった。はじめは手足の一部を人工補装具に置き換え、技術的な補助手段により感覚器官を改良しただけだったが、徐々に血肉からなるからだを放棄しはじめた。金属とプラスティックでからだをつくりあげ、そこに脳を移植し、生物学上の生命がもとめる世俗的な要素を捨てたのだ。いまはサイバネティクスと有機体による生命形態として存在している。

サイボーグだ。

十戒のなかで、かれら以上に技術エレメントにふさわしい者はいない。

「ほとんど時間がのこっていません」１＝１＝クアソグがいった。

ほかのすべてのタイプと同じように、目に見えない反重力クッションの上で浮遊し、ハエがぶんぶん飛ぶような低い音をたてている。オゾンと金属と消毒薬のにおいがした。

１＝１＝クアソグはカッツェンカットの数メートル手前でとまり、

「炎の標識灯がまもなく恒星間の水素ガスを保管しおえ、ヴリジン星系へのコースをとります」と、声を発する。その声は、カッツェンカットの意識のなかに入ってはじめて聞こえるかたちになるのだ。「つまり、コスモクラートがもうすぐここにくるということです。《マシン十二》がこのままこの星系にいるのはきわめて危険だと思われます。探知されたら……」

「ありえない」カッツェンカットは口をはさんだ。「われわれの対探知装置は《シゼル》さえも惑わすほどの力がある。コスモクラートはなにも気づかない。この星系にタウレクのメンタル炎が出現したことは、これまで一度もない。これは、かれがわれわれの存在に気づいていないことをしめしている。それに、われわれは長くはここにとどまらない。まだ自由の身でいる最後のブルー族も支配するよう、戦争エレメントに指示した。それが実現して罠の用意ができれば、退却する。まだ《シゼル》をとらえているか？」

1＝1＝クアソグの乳白色の外殻に影が落ちたように見えた。コミュニケーション・セグメントから発する通信インパルスで《マシン十二》の制御ブロックに命じて、ホログラムを作動させる。司令室の微光の中央に、ホログラム・フィールドがつくられた。カッツェンカットは、パッシヴ探知データの出した値《あた》いをもとにしたコンピュータ・シミュレーションを一瞥《いちべつ》しただけだった。炎の標識灯は星間物質の保管にかかりはじめ、《シゼル》は敬意をもって距離をたもっている。おそらくコスモクラートは測定を実行しているのだろう、と、夢見者は考えた。炎を執拗に追跡している理由もそれで説明できる。これはひょっとして、冷気エレメントの投入と予定よりも早いゴルゲンゴルの起爆が、炎の標識灯に損傷をあたえたことを意味するのだろうか？

無意味な空論だ、と、かれは考えた。炎とコスモクラートの運命はこのヴリジン星系で決まるだろう。それが重要だ。

「通信員はきたか？」1＝1＝クアソグにたずねる。

「数分前に《マシン十二》に到着しました」アニン・アンは熱心に答えた。「ブルー族がひとり。ガタス人です。冷気エレメントが作動したさいにゴルゲンゴル近傍にいた艦隊の指揮官です。名前をシ＝イトといって、ツュリュトにもいいました」

カッツェンカットのふたつの口がきつく閉まった。

惑星ツュリュトでの戦争エレメントの驚くべき敗北は、いまなお克服できていない。

すべてはかんたんに見えたし、ほかのケースで何度も成功をおさめた計画だったのだが。

転送機を使って、たった一体の戦争エレメントを相手の惑星に投入する。この人工生物の暗示的な影響を惑星住民がひとり受ければ、あとはその者が伝達者の役割をはたす一方、エレメントは分裂をくりかえすのだ……すべての惑星住民が戦いの兵士になるまで。あるいは、今回のように侵略のはじめに戦いが勃発し、そこで死んでいくまで。

しかし、コスモクラートの介入がこの計画を妨害した。

「ご存じのように」1＝1＝クアソグがいった。「このヴリジン星系のすべての戦争エレメントは、ツュリュトで最後に生きのこったエレメントから発生したもの。遺伝子記憶の研究はまだ続行中ですが、いまいえるのは、敗北の原因がエレメントの人工細胞構造に直接働きかけた五次元放射にあるということです」

カッツェンカットはうなずいた。

「すると、コスモクラートにその責任があるということか」

「まちがいなく」

夢見者は安堵した。銀河系住民の科学的・技術的可能性を過小評価したかとしばらく恐れていたのだが、かれらがたんにコスモクラートの技術に助けられたことがはっきりしたのだ。コスモクラートさえ排除したら、十戒の任務は楽になるだろう。

ブルー族であろうとポスビであろうと、スプリンガーや超重族であろうと、遅かれ早かれ屈服する……テラナーでさえ。かれらが獲得したヴィールス・インペリウムや、超越知性体の援助があろうとも。〝それ〟は敵セト＝アポフィスとの小競《こぜ》り合いで勝者となったために、おろかにも自身を全能だと信じているようだが。

しかし、と、カッツェンカットは自己満足しながら考えた。一超越知性体が、どうしてエレメントの十戒やその背後にいる権力に対抗できるだろうか？

1＝1＝クアソグは集中してようすを探っているようだった。

「シ＝イトがきます」

フォーム・エネルギー製のバリアが開いて、カテゴリー十四の技術エレメント二体が漂い入ってきた。関節の多い肢でひとりのブルー族を支えている。

カッツェンカットは、たいした興味もなくこのブルー族を眺めた。作戦が行動段階に入る前に、ブルー族とその文明について学んでいる。青い産毛《うぶげ》におおわれ、長い軟骨の頸、皿頭に四つの目がある華奢《きゃしゃ》な姿は未知のものではなかった。ブルー族の肩の上には戦争エレメントがうずくまっている。

「報告せよ」かれは命じた。

そういったとたん、メンタルの情報流が脈打ちながら流れこんできた。《マシン十二》が最初の戦争エレメントを送りこんだ、惑星ツュリュトの極地連山の洞穴が見える。なにも知らず罠にはまったハネ人ユルン、人工生物が急速に増加していき最初の戦いにいたるようす、コスモクラートの介入も。そして、結末が見えた。五次元放射による蟹生物の破壊、それをただひとつ逃れたユルンのエレメントが《トリュリト・ティルル》に忍びこみ、艦内でおのれの任務をつづけていく……

情報流がとだえた。

「シ＝イト、きみと話したい」カッツェンカットはいった。

かれは待った。シ＝イトのエレメントが……星系のほかのすべてのものと同じように……いまや決定的に宿主のからだを手に入れたことはわかっている。シ＝イトのおさえつけられた精神をふたたび意識の表面に浮かびあがらせるには、数秒かかるのだ。

「聞こえている」ブルー族はさえずるような声でいった。

二体のカテゴリー十四がまだかれをしっかり引きとめていた。技術エレメントは有機生物をまったく信用していない。戦争エレメントの影響下にあっても同じだ。カッツェンカットは、二体が心の奥底でもこの不信感をしめしているのかと、ほとんど楽しむような気持ちで考えた。望めば判明するだろうが、それはどうでもいい。

アニン・アンは道具であり、エレメントだ。かれらはしたがい、奉仕する義務がある。ほかに選択肢がのこっていないからだ。十戒に招集された者は、その呼びかけにしたがわなくてはならない。拒否したら……カッツェンカットは、その思いを振りはらった。

「《シゼル》にはだれがいる？」かれはブルー族にたずねた。銀河系で公用語とされている言語を使う。

「コスモクラートのヴィシュナとタウレク、テラナーのレジナルド・ブル、エルンスト・エラートという名の者だ」

「ブルとは、ハンザ・スポークスマンか」カッツェンカットはつぶやいた。

「そして不死者」シ＝イトがつけくわえる。「ペリー・ローダンのもっとも近しい仲間だ」

「知っている」カッツェンカットはいった。

レジナルド・ブル！　原始的な惑星住民から深淵の騎士になったペリー・ローダンの、もっとも古い親友だ。自分は幸運に恵まれた、と、かれは考えた。ブルを意のままにできたら、これまでとはまったく違う可能性が開けるだろう。ひょっとすると、このブルをてこにして、クロノフォシルのシステム全体を根底から変えることができるかもしれない……

あらためて自制する。

空論だ。自身でたてた計画にしたがわなくては。攻撃は実行されなくてはならない。元来の意図からはなれると、計算外のリスクがあらわれる。まずはクロノフォシルの準備を阻止するため、コスモクラートにとりかかろう。次にクロノフォシル自体を無害化し、その作用をネガティヴなものに変える。それから、ペリー・ローダンだ。さらには……

「カルルジョンに行け」と、ブルー族に向かっていった。「1＝1＝クアソグがきみときみの艦の乗員に特殊武器を装備させる。首都カルルジョナのはしのダイヤモンド砂漠でコスモクラートを待つのだ。かれらはやってくる。わたしがそう配慮するから。コスモクラートとその仲間を、ニヴェエレーターという名の特殊武器で排除するのがきみの任務だ」かれは短く笑った。「この名前だけではなにもわからないだろうが、それはどうでもいい。重要なのは、コスモクラートを驚かせ、効果的な抵抗を引き起こすことだ。それできみたちの任務ははたされる。わかったか？」

「わかった」

この答えはシ＝イトの頸の口から響いたが、カッツェンカットは、その言葉が戦争エレメントによってかたちづくられるのを知っていた。人工蟹に支配された生物は自主性のある個体ではなく、戦いの精神に内部から操られている空洞のおおいなのだ。ときどき、そうとらえるのがむずかしくなるが。

カッツェンカットが命じるようなしぐさをすると、シ＝イトは二体のアニン・アンとともに司令室から姿を消した。夢見者は、1＝1＝クアソグのほうを向いた。

技術エレメントのしずく形のからだはまださっきの場所で浮いていたが、乳白色の色は強くなり、有機脳の淡紅色の組織塊をかくしていた。

「さて、われわれの今後の行動だ」カッツェンカットはいった。「まずは炎の標識灯はほうっておき、《シゼル》のことを考えよう。転送機の準備はできているか？」

「できています」船長は断言した。「《シゼル》が星系の境界に達したらすぐに、カルルジョンのダイヤモンド砂漠に転送させましょう。われわれは〝増強基地〟が提供する高性能モデルを使えるので、《シゼル》はこの距離を充分こなせます。ただし、コスモクラートが対抗処置を講じないかぎりはですが」

「かれらにそんな機会はない。予想外の展開はこちらの利になる」カッツェンカットは、考えこみながら、呼吸頸をこすった。「早期にかれらに探知されないよう、時間フィールドの強度が充分にあるといいのだが」

「それが問題です」１＝１＝クアソグは同意した。「最高性能の時間バリアでさえ、現在のところ、一時的に異状を起こしています。それが計測されれば、コスモクラートは疑念をいだくでしょう」

「では、まさに急がなければ」

「わたしはいまだに、さらなるエレメントを呼びよせるべきだという考えなのですが」

１＝１＝クアソグはためらいながらいった。「タウレクとヴィシュナへの攻撃は、危険をはらんだ事項です。あらゆる観察結果をもってしても、コスモクラートに関する情報があまりにすくなすぎて、すべての危険を排除することはできません。それに、かれらはすでに冷気エレメントについて知っています。ヴリジン星系の戦争エレメントの存在にもすぐに気づき、それなりの結論を引きだすでしょう」

カッツェンカットは、いらだってきた。1＝1＝クアソグの話の論拠はわかっている。たしかに一部は正しい。それに、夢見者は、指導的立場にあるアニン・アンの意義をあっさり無視するほどおろかではなかった。

「どのエレメントがいいと思う？」と、質問。

「さらに《マシン》を集中して投入し、空間エレメント、精神エレメント、仮面エレメントに補助させるのがいいと思います」1＝1＝クアソグは述べた。「時間エレメントと超越エレメントの持ち場も、はじめから銀河系に割りあてておくべきだったのでしょうが……」

「当時、それを実現できなかったのはわかっているだろう」夢見者は口をはさんだ。「このヴリジン星系でのわれわれの作戦は、広大な計画のほんの一部にすぎない。ムリルの武器商人、第一攻撃のための準備……それらは過剰なエネルギーを結びつける。いずれにしても、われわれの潜在力はまだ構築中で、〝孵化基地〟の建造はまさにはじまったばかりだ。これほど早い時点で戦争エレメントを使えただけでも、よろこぶべきだろう」

「しかし、もしコスモクラートが逃げおおせたら……」《マシン十二》の船長はそう話しはじめたが、またカッツェンカットが話の腰を折り、甲高い声でいった。

「コスモクラートは二の次で、重要なのは炎の標識灯だ。炎がクロノフォシルに到達する前に、道をとだえさせなくてはならない。われわれがいますでにコスモクラートに遭遇したのは、もはや副産物にすぎないのだ」

「わかっています」船長は認めた。「しかし、最終的な予測では……われわれのシナリオは満足すべきものではありません。情報の不足、準備にともなうあわただしさ、敵の勢力の多様な構成……すべてがこの計画の失敗確率を高めています」

カッツェンカットは立ちあがり、

「エレメントの十戒は失敗しない」と、ぶっきらぼうにいった。「わたしが指揮エレメントとなって四千年以上、われわれは一度も敗北を喫したことがない。われわれはこの問題を解決できる。これまであらゆる問題を解決してきたように」

「ですが、われわれはまだ、ひとつの力の集合体まるごとと戦ったことはありません」技術エレメントはマシンの頑強さでいった。「われわれはまだ、明らかに物質の泉の彼岸からきた者が味方する敵に直面したことはないのです。そのテラナーが……ヴィールス・インペリウムを支配しているのですよ！」アニン・アンのメンタルの声はひどく大きく、夢見者の意識のなかで、脅すように響きわたった。「カッツェンカット、これはふつうの戦いではありません！　深淵の騎士との対決です！」

「本当か？」夢見者は冷やかすようにいった。

アニン・アンの乳白色のからだの色がより暗くなった。それはサイバネティク組織を制御するホルモン転送分子が多数、ばらまかれたことをしめすものだ。１＝１＝クアソグはいらだっている。

「ある考えが浮かびました」技術エレメントはちいさな声で話をつづけた。「ひとつのシナリオですが、それが現実である確率は心配になるほど高いのです。すべてが罠かもしれない、というもの。敵は巧妙にも、駆け引きによってわれわれを予備軍に引きよせ、破滅させようとしているのかもしれません」

カッツェンカットの色素センサーが赤くなった。かれもそのことは考えたが、くだらないとして却下していた。もしもその反対だったら……相手側の計画は、ひとつひとつの石をモザイクのように組みあわせ、すでに模様が見える段階に入っている。目的に達するためには、目の見えない者でも見破れるほど、かれらの意図をむきだしにしなくてはならない。これは駆け引きでも罠でもなく、ものごとの本質だ。ある特定の段階からは、秘密主義は姿を消し、公然とした対決だけが表に出てくる。

カッツェンカットはちいさく三、四歩進んでプラットフォームのはしに行き、青いフォーム・エネルギーが船内の技術地獄への視界をさえぎっているところを見おろした。

　エレメントの十戒のために働いてきた四千年と、時間の流砂にのみこまれた先任者たちに思いをはせる。二、三のエレメントの出入りがあったが、十という数字はつねに変わらなかった。十戒は永遠かつ無敵である。永遠なのは、かれの背後にある権力が時の法則の外に存在するため。無敵なのは、進化が天才的な単純さをもって、潜在的な道具となるエレメントをたゆまずつくりあげてきたためだ。

　暗黒エレメント、冷気エレメント、仮面エレメントのような道具を。サーレンゴルト人、カッツェンカットのような道具を。かれはゼロ夢見者であり、十戒すべてを制御するための完璧な道具なのだ。

　夢見者の色素センサーはいまではほとんどオレンジ色になっていた。もはや司令室の乏しい明かりさえ障害にならないほど、感受性が高まっている。それでも、現在のことがらについてはなにも見えず、聞こえず、においも感じない。話しはじめたとき、かれの意識は過去へと旅していた。

「われわれはすべての問題を解決し、すべての敵を打ち負かしてきた」かれは真剣なようすでいった。「だれにも阻止されたことはない。遺伝子同盟の集結力にも、ウィ＝ン偵察隊にも、孤立した宙域の住民にも。われわれがひとつの力の集合体まるごとを相手にしているというきみの意見は正しいが、この集合体はまだ若い。そこに住む種族たちは、笑いたくなるほど最近まで、たがいに戦っていた。かれらがこちらの計画を阻止するなら、われわれはかれらを分裂させ、争わせ、必要な場合は殲滅《せんめつ》する。しかし、これはブルー族、あるいはポスビ、あるいはテラナーに対する戦いではない。敵側の勢力とその道具たちに対する戦いなのだ」

夢見者はさらにつぶやいた。

「おそらく、それがわれわれの本来の使命だ。以前の出動は小競り合いにすぎず、たんなる試験あるいは練習だったのだろう。十戒を最高の道具としてつなぎあわせるためのテストだった……ほんものの任務をはたすことができるように。その任務とは、深淵の騎士を打ちのめし、かれらの奥にひそむ広範囲におよぶ計画を壊すことだ。おそらく決断の時はきた。多くのことがそれをしめしている。ゴルゲンゴルの起爆……クロノフォシルについて得られた情報……ペリー・ローダンという名のテラナーの存在……コスモクラートの直接的な介入……」

突然、かれは黙った。青白く画一的な顔の筋肉が引きつり、青ざめた頸にしわがよった。

「おしゃべりはもういい。われわれは命令を受けている。それを実行しよう」

夢見者はプラットフォームからジャンプすると、飛翔装置の速度を絞りながら、司令室の暗青色のエネルギー床に向かった。構造亀裂を抜けて《マシン十二》の奇妙な内奥へと跳びこむ。船殻に巨大な潰瘍のようにはりついた《理性の優位》に到達する前に、喝采するような騒ぎがあり、保護のための時間フィールドが展開されたことがわかった。これで宇宙船を好奇心に満ちた視線からかくすことができる。

すべては準備された。

コスモクラートへの罠が犠牲者を待っている。

5

宇宙空間が燃えていた。

高さ八億キロメートル、幅五千万キロメートルの巨大なブルーの炎のなかで、むらさき色の閃光がはしる。時空構造を引き裂いて、未知次元のエネルギーが宇宙にひろがった。白い光が生じる。通常の光とは異なり、恒星間の水素ガスをとりこむエネルギーの副産物が光学的にとらえられただけのものだ。このガスの直径は数光時だが、n次元エネルギーは光速や時間の限界に縛られない。一瞬のうちにガスの周囲に繭《まゆ》がつくられる。白く輝く細い糸でできた球はふくらみつづけ、不定形の水素ガスがその輝きの陰にかくれるほどになった。

その後、炎は脈動しはじめた。

むらさき色の炎から、さらに強く大きな閃光がはなたれ、一瞬でこの繭が崩壊した。

水素ガスも消える。

保管されたのだ。

通常の連続体から消えて、宇宙襞のなかにとりこまれた。星も光もない有限のミニチュア宇宙へ。

そのほかの障害はとりのぞかれた。こまかく分散したガスの雲は、無限アルマダが銀河系を飛ぶのを妨げることはないだろう。

エルンスト・エラートは《シゼル》の操縦ピラミッドの上に浮かぶホロ・プロジェクションから目をはなし、宇宙空間を見やった。

そこにはまだ、水素ガスが付近の星々の反射で光っている。銀河系の光るヴェールのなか、プシオン・エネルギーでできたブルーの巨体が星間物質をのみこんだことをしめすものはなにもなかった。

数時間たってようやく、宇宙規模のカタストロフィがあったことが、光によってこの場所でもわかるだろう。

それがカタストロフィならばだが、と、エラートは考えた。

ふたたび、操縦ピラミッドに目をやる。タウレクが鞍《くら》に似た自席にうずくまり、トランス状態に入り、《シゼル》の船載脳と通信していた。ヴィシュナとレジナルド・ブルはいくらかわきによったところに立ち、話しあっている。ホログラムは炎の標識灯の脈動がやんだのをあらわしていた。まもなく炎はふたたび速度を増して、リニア空間に潜入し、次の目的地にコースをとるだろう。

ヴリジン星系だ。

恒星は十八の惑星を擁する。ここはカルル人の星間帝国の拠点で、無数にあるブルー族国家のひとつだ。数十億の知性体の故郷でもある。この星系もまさに、水素ガスと同じ状態になるだろう……炎はそれを宇宙嚢に保管したあと、そのまま飛びつづけ、銀河系の半分にわたる直径十光年の先導航路をつらぬくのだ。

エラートは顔をゆがめ、笑顔の表情をした。かれの皮膚や筋肉、からだ全体を成立させているヴィールスの集合体は、有機物質のように動く。また、そうした物質のような手触りもある。ときどき、エラートは自分がメタモルファーであることを忘れてしまう。ヴィールス・インペリウムのほんの一部に人間の意識が付加された生物なのにである。だがその後、光を反射する皮膚や手をじっくり見る。鋼のように硬く、あるいはゼリーのようにやわらかくなることもある、きわめてちいさいヴィールスのブルーの色を見て、確認するのだ。

思わずかれは、自身の人工肉体の超自然的なブルーの光輝が炎のブルーとなにか関係があるのではないかと自問したが、その思いはあまりにありえないことのように感じられ、それ以上は追求できなかった。

かれは嘆息した。

この嘆息はすこし前、かれが保存されていた古い人間の肉体に宿っていたときに、自然とついていた嘆息となにも変わらない。数百年のあとに消え去った肉体……

この記憶で、いつものように苦痛が心にひろがった。自身が生まれたときのからだはもはや存在しない。腐敗して死んだ。しかし、かれは肉体がない状態に逆もどりするかわりに、修道士の〝石の夜間灯〟のおかげで……ヴィシュナの指示らしいが……このヴィールス集合体のからだを使えるようになった。

ブルーに光り輝き、ヴィールスでできているとしても外見は完全に人間のからだだ。しかし、外見は人間だが、このからだのせいでかれはテラナーの共同体から追いやられた……

「ばかな!」エラートは腹だたしくいった。

いや、自分は排斥された者ではない。二十世紀の地球では異なった肌色や、奇抜な服や髪型でさえ、重罪人の焼き印のようなものだった。もしそうなら、エラートは実際に排斥者としてあつかわれたかもしれない。しかし、NGZ四二七年の人類は、ずっと円熟して寛容で理性的だ。かれが八本の腕にふたつの頭を持ち、水素呼吸をし、硫酸で水浴びをし、純粋エネルギーのからだを持っていたとしても……それによってだれにも蔑視されたり、忌み嫌われたりすることはないだろう。

それに……かれはヴィールス体ではあるが、それでも人間の男であり……そこに付随するものをすべて持っていた。

ひょっとすると、と、エラートはひとりごちた。自分自身がまだ二十世紀の子供だから、いろいろ考えてしまうのかもしれない。心の奥底ではまだ、一九七〇年代初頭のミュンヘンに住んでいた作家なのだ。地球外生物や時間旅行、星への飛行などの幻想的な夢にふけっていたあのころは、地球にかけて、いまと異なるからだを持っていた。生涯ずっと、ここで憂鬱《ゆううつ》にならなくてもすむようなからだを。

ぼんやりとかれはヴィールスの手で、ブルーに輝く無毛の頭をなでた。タウレクはまだ動いていないが、炎の標識灯がすでに加速しているのがホログラムで確認できた。通常空間とリニア空間のあいだを短く揺れ動くジャンプに似た飛行は、そろそろ終わるだろう。

エラートは、タウレクがそれを振動飛行と呼んでいたのを思いだした。また微笑をあらわすしぐさが唇に浮かんだ。タウレク！　あのコスモクラートは謎に満ちた沈黙を守るか、あるいは短い答えをくれるが、それはさらなる推測を生みだすきっかけにしかならない。

最後にまた嘆息すると、《シゼル》の中央に設置されたプラットフォームの上をゆっくり歩いて、レジナルド・ブルとヴィシュナにくわわった。

エラートは身じろぎをしないタウレクのほうにうなずいてみせ、

「かれは最近、よく瞑想しているな」

この質問は……これが質問といえるならばだが……ヴィシュナに向けられていた。エラートの目から見れば、彼女は豊かな胸にブロンズ色に輝く肌、大きな黒い瞳の美貌の持ち主だ。しかし、その容貌が一定でないことは、すでにわかっている。少女のように華奢で繊細に見えることもあれば、冷淡で自信に満ちた、たくましく鍛練された者に見えることもある。

明らかにかれの審美眼が変化したのだ。

彼女とは異なり、タウレクがつねに同じ風貌をしているのは奇妙なことだった。しかし、タウレクの場合は違った経緯をたどっている。かれは最近になって物質の泉の彼岸からこの宇宙にあらわれたところだし、ヴィシュナのように、ヴィールス・インペリウムのばらまかれた一部となって非人格化したかたちで永遠の時をすごしてはいない。

「ほかの保管場所をコントロールしているのよ」ヴィシュナは数秒間の沈黙のあと、ようやくいった。「ヴリジジン星系に到着する前に、さらにいくつかのデータが必要だから。炎の標識灯が元来のプログラムに反して動いているのをしめす徴候はないけれど、わたしたちは絶対的な確実性をとらないと。まだ炎は銀河系の奥までは進出していない。変則的な働きをしているのが証明されれば、まだ炎をとめる方法はあるわ。クロノフォシルはとても重要なものだから、わずかな失敗も許されない」

レジナルド・ブルが笑った。

エラートの耳には、それはぎこちなくユーモアのない笑いに聞こえた。自分より背の低いがっちりとした体軀《たいく》のハンザ・スポークスマンを見おろし、そのひとつひとつの動きに内心の不安があらわれているのに気づいた。

「そのいまいましいクロノフォシルがいったいなんなのか、そろそろ教えてもらえると助かるのだが」ブルがうなるようにいった。「この不確実な状態は、まったく失礼なものだ。われわれは共同作業していると思っていたが」

「そのとおりよ」ヴィシュナが断言した。

「共同作業は信頼もともなう」ブルは腕組みをした。「しかし、あなたたちはわれわれを信頼するかわりに、まるで……道具のようにあつかっている！」

エラートは、女コスモクラートにはげしい感情がわきあがるのをはじめて見た。怒りで顔が暗くなり、目の奥で危険な炎が燃えあがっている。

「二度とそんなことといわないで！」と、彼女ははげしくいった。「道具のようにあつかっているなどと、いってはいけない。それは真実ではない。われわれはどんな非難も受けるけれど、それだけはだめ！」

ブルは思わず一歩うしろにさがった。驚き、不安さえ感じている。だが、長い生涯の経験から、ヴィシュナと同じはげしさで反論するのは避けたようだ。

「気を悪くしたのなら、すまなかった」かれはあやまった。「傷つけるつもりはなかったのだ。だが、理解してもらいたい。一度こちらの立場に立ってみれば、わたしの気分がわかるだろう」

「そうね」ヴィシュナは床を見つめた。「そのとおりよ。でも、故意に情報提供をひかえているわけではないとわたしがいったら、それを信じないとだめ。あなたの立場は理解できるけど、われわれの立場も理解してもらわないと、ブル。ここはわれわれの世界ではない。未知の世界で、絶対的になじみのないものよ。この世界を知性で受け入れて、ここを支配する法則を知ることができたとしても、それでもまだ見知らぬものなの。われわれがやってきた場所は、こことはなにもかも異なる。なにもかもよ、ブル。この異質さは、言葉にすることも、記号化することも、感情であらわすこともできない。異なる部分があまりに広範囲で、あなたたちより多くの知識や経験や理解力を持つわれわれでさえ、きわめて慎重に行動することしかできない。ここには、ある種の……」

そこでつかえて、ふさわしい言葉を探したが見つからなかったようだった。

「ある種の……法則があるわ。本来の意味で法則とはいえないけれど、この表現がほかの概念よりも真実に近い。われわれはこの法則を守らなくてはいけないの。あるいは、より正確にいえば、われわれはこの法則の支配下にある。あなたたちが、根本的に不変の自然法則のもとにあるように。ひとつ間違えば、われわれはこの世界から追放される。タウレクがこの世界にやってきたときに、かれの身になにが起きたか知っているでしょう。かれは自分の影を失った。自我の半分、記憶の一部、かれ自身の純粋な本質の一部をね。あのときかれは、ひとつの間違いすらおかさなかった。それでもこの世界、この宇宙は、かれをまっぷたつにしたのよ。かれがふたたびチュトンと一体化しなかったら、われわれがここにいることもなかっただろうし、もとめようとしたことはすべて不可能になっていたでしょう」

彼女はブルをすわった目で見つめる。その視線の強さをエラートはそばで感じるだけだったが、ぞっとした。いまこの瞬間、これまでになくはっきりと感じたのだ。ヴィシュナは人間の容貌をしているが人間ではなく、この世界の創造物でさえないと。

「似たようなことは、いつでもくりかえし起こりうる」ヴィシュナはおさえた声でつづけた。「われわれが不注意で、あなたたちの世界がもとめる慎重さを失ってしまえば。あなたたちにとってはよけいだと思えることも、われわれが生きのびるには不可欠なのよ。あなたたちが謎だらけだと思うものが、われわれにとっては、理性を失った恐ろしい法則でこの宇宙を混乱させないための唯一の方法なの。地獄がどんなものか知っている、レジナルド・ブル？」

ハンザ・スポークスマンは慎重にうなずいて答えた。

「宗教的構想のひとつで、永遠に断罪される謎めいた場所だ」

「そうよ」ヴィシュナはいって、この宇宙全体をさししめすかのように両腕をひろげた。

「われわれにとってこの世界は地獄なの。こんな場所で生きのびることがかんたんだと思う?」

ブルはなにも答えなかった。

エラートが咳ばらいし、提案するようにいった。

「そろそろ、この話は打ちきったらどうだろう。ほかの問題のほうがはるかに気になる。ツュリュトの蟹生物、戦争エレメントのことだ。ゴルゲンゴルを攻撃した冷気エレメントや、エレメントの十戒のことも。われわれ、それにとりくんだほうがいい」

「十戒のほうから、われわれにとりくんでくるさ」突然、タウレクがいった。「こちらはじきにそれと関わることになるだろう」

「くそ」ブルは悪態をついた。「LFTか宇宙ハンザの艦隊がここイーストサイドにいればよかった。ツュリュトでの出来ごとについての報告は、地球にとどいたにちがいないのだが! 炎の標識灯が永遠に気づかれずにいることなど、ありえないからな!」

「きみの気がしずまるなら、いうが」と、タウレク。「銀河ウエストサイドと惑星ガタスのあるフェルト星系の恒星の周囲で、きわめてはげしい船の動きと艦隊の集結があるのを《シゼル》の遠隔探知が確認した。おそらく短時間のうちに、イーストサイドでGAVÖKの艦船がうごめくことになろう」

ブルは安堵の息をもらした。

「すくなくともひとつ、ポジティヴな報告だ。艦隊がここにいたらずっと安心できる」

タウレクは笑った。からかうような調子だったが、そこには温かみがあった。

「銀河系の全艦隊がそろったとしても、冷気エレメントには対抗できないぞ。十戒による危険は、そんなにかんたんな方法では解決できない」

「ほかのエレメントの特質は明らかになっていないのか？」エラートは即座にたずねた。どんな答えがあるか、わかっていたが。

コスモクラートはかぶりを振った。

「エレメントは時とともに変化する。それに、十戒についての特別な情報もわたしにはない。わたしが知っているのは……一般的知識に属することだけだ」

若々しくほほえんだが、その黄色い猛獣の目はきびしく、ユーモアはなかった。

「いいかえれば」ブルがうなる。「あなたたちは十戒の介入を予測していなかったということだな」

「予測はしていた」タウレクは慎重に言葉を選んで話した。「ただ、べつの場所にあらわれると思ったのだ。正確にいえば、そこにあらわれることを願っていた。しかし、混沌の勢力は学んだようだ。過去のように、やたらに攻撃することはもはやないだろう」

ブルは、〝ひとつ目〟と呼ばれるコスモクラートを鋭く見つめた。

「べつの場所とは？　ペリーがいるＭ‐８２か？」

「M-82の重要性は、きみが思っているよりもはるかに低い」タウレクが答える。

「無限アルマダの中継基地にすぎない」

「はぐらかしているな」

コスモクラートは、どうでもいいというようなしぐさをした。

「深淵の騎士のためにとっておかなくてはならない情報があるのだ」

ブルは悪態のような言葉を吐き、不機嫌そうに黙りこんだ。エラートは目のはしでかれを観察し、ブルのいらだちのうち、どれだけがほんもので、どれだけが心理的なトリックなのだろうかと、興味深く考えた。いらだったふりをしているだけで、コスモクラートを挑発し、かれらが話したいと思っている以上のことを引きだそうとしているのかもしれない。

タウレクの次の言葉は、全員に向けられていた。それは重要な話で、ブルも暗澹《あんたん》たる物思いから引きもどされた。

「計測が終了した」コスモクラートは前置きなくいった。「これまでの保管場所をもう一度メンタル炎でコントロールしたのだ。保管場所は安定しているし、プリイルト星系をつつむ平和オーラは、いまも元来の強さをたもっている。つまり、炎の標識灯が適切に働いているということ。とめる必要はない」

エラートは、ヴィシュナがリラックスしているのに気づいた。タウレクも安堵しているようだ。

「最新の情報は、ヴリジン星系で得ることになるだろう。その後、われわれはガタスに向かって飛ぶ」

「そこでなにがあるのだ？」ブルがたずねる。

「さしあたり、なにも」タウレクが答えたが、ブルの表情に浮かぶ不興の色を確認して、急いでつけくわえた。「炎がフェルト星系に到達するまでに、まだかなり距離がある。速度は増すだろうが、それでも数週間か数カ月の猶予がある。GAVÖKに公式に知らせて、無限アルマダを迎えるのに不可欠のものをすべて準備する時間は充分だ。そろそろ防衛処置をとる頃合いだろう。ツュリュトでの出来ごとは……この点ではわれわれの意見は一致するだろうが……端緒《たんしょ》にすぎない。決定的な対決はまだ先なのだ」

エラートは眉間《みけん》にしわをよせた。

「十戒がすでにヴリジン星系で待ちかまえていたら、どうなる？」

「それはありえないだろう。わたしはあえて、状況をゾンデで確認してみた」タウレクの視線が一瞬、凝視するようになった。ホログラムの映像が変わり、オレンジがかった黄色の恒星、黄褐色とグリーンのまだらの一惑星がうつる。周回軌道上にはたくさんの探知リフレックスがうごめいていた。コスモクラートが説明する。「ブルー艦だよ。われわれの友、シ＝イトの巨大艦隊だ。カルル人は戦争エレメントの攻撃について情報を得ているから、ハネ人のようにかんたんに奇襲を受けることはないだろう。そのほかには、遠隔探知はなんの結果ももたらしていない」

「でも、遠隔探知は信頼できないわ」ヴィシュナが異議を唱えた。

「進入する前に、メンタル炎を投入しよう」タウレクはいった。「準備はいいか？」

「わかった」と、ブルはもごもごいった。エラートはうなずき、ヴィシュナは無言でタウレクを見つめた。ひとつ目はまた操縦ピラミッドのほうを向いた。ささやき服が乾いた音をたて、エラートに小人のささやき声を思わせた。

突然、星々が消えたが、すぐにまたたきはじめた。星座が変化し、無数の光点のうちのひとつが大きくなった。オレンジがかった黄色をしている。

ヴリジンだ、と、エラートは思った。

急に《シゼル》の先端から炎に似た物体がはなたれ、宇宙空間の暗闇に消えた。タウレクのスパイ・ゾンデ、メンタル炎のひとつだ。エラートは待った。わずか数秒後、ホログラムがふたたびかたちになって、すでになじみのある、黄褐色とグリーンのまだらの世界があらわれた。カルルジョンにちがいない、恒星ヴリジンの第四惑星で、カルル人の星間帝国の中枢だ。惑星は急速に大きくなって、左右にほんの一瞬、円盤形の物体が出現した。ガタス艦隊の艦だ。メンタル炎の飛行速度が落ちて、相対的に静止。いま、カルルジョンがホログラム・フィールド全体にひろがっている。

タウレクは目を閉じた。話しはじめたが、声がはるか遠くからのように聞こえる。

「《トリュリト・ティルル》が見える。シ＝イトの旗艦だ。コンタクトをとろう……」

ホロ・プロジェクションが変わった。

いきなり、ブルー族の男の皿頭があらわれた。いや、と、エラートは皿頭の色の特徴を熟練した目で確認し、冷静に考えを修正する。女ブルー族だ。シ＝イトの代理、ガルファニイである。

「ブル！」ガルファニイは大声でいった。「レジナルド・ブル！　われわれ、カルルジョンの周回軌道に非物質の一構造物を探知しました。プシ放射を発しています。あれは……」

「メンタル炎だ、ガルファニイ」ブルは話の腰を折った。「われわれ、《シゼル》でカルルジョンに向かっているところだ。きみたちの調子はどうかね？」

「すべて順調です」ブルー族はさえずり声を発して笑った。「カルル人たちはまだ、接近してくる炎の標識灯のせいでいくらか神経質になっていますが、われわれはかれらに、危険に脅かされることはないと約束しました。それでも、あなたがたがきてくれたことはうれしいです。とにかく、炎の標識灯がこの星系に到達してパニックが起こることを恐れているので……」

「シ＝イトはどこだ？」ブルはたずねた。

「カルルジョンにいます」ガルファニイは待っていたように答えた。「かれは水師たちと協議しています。あなたがたの到着をすぐに伝えましょう」

「よし」ハンザ・スポークスマンはうなずいた。「数分で着く」

その後、礼儀正しい挨拶がかわされ、会話は終わり、ホログラム・フィールドが消えた。タウレクは、瞑想状態から目がさめたが、眉間にしわをよせている。

どこか奇妙ではなかったか？

「どうしたのだ？」エラートが胸騒ぎを感じてたずねた。

「思ったのだが……」コスモクラートはためらい、やがてかぶりを振った。「いや、なんでもない。ただ、とにかく注意しなくては。奇妙な感じがする……次のジャンプで、恒星からもっともはなれた惑星の周回軌道に到達するだろう」

また、すこし凝視するような視線になった。ふたたび急に星々が消え、同じく突然に燃えあがる。ホログラムはいま、はるかに連なる円盤艦の隊列をしめしていた。

「カルルル人の部隊だ」タウレクがうなった。「通信で呼びかけてきた」

「応えなくていいのか？」ブルが口をはさむ。

タウレクは首を振った。

「船載脳が処理する。しかし……奇妙だ」

またホロ・プロジェクションが変化した。カルルル人の艦のかわりに、いまは宇宙の空虚空間が見えている。着色プロジェクションにより、宇宙は深紅の球として描きだされ、そこにブルー、グリーン、赤のエネルギー・フィールド・ラインがはしっていた。そのほぼ中心……カルルジョンの、グレイの繭のような重力圏からはるかはなれたところに、いくつかの黒い斑点が見える。

「あれはなんだ？」ブルがたずねた。

「わたしにも……よくわからない」タウレクが答える。

「一時的な異常かもしれない」ヴィシュナがいって、操縦ピラミッドの前の痩軀《そうく》の男とすばやく目を見かわした。「この現象を探るため、さらにカルルジョンに接近する前にゾンデを投入したらどうかしら。可能性は低いけれど、もしかしたら……」

彼女はそれ以上なにもいわなかったが、エラートは突然、その真意を悟った。

十戒だ、と、かれは思った。ヴィシュナは、この現象がなんらかの方法で十戒と関係していると信じているのだ！

レジナルド・ブルは顎をさすり、疑り深い目でホロ・プロジェクションを観察した。

「どうも、ここでとんでもない騒動が起きているような気がする」と、ためらいながらゆっくりいう。「わたしの直感が間違ったことはない。これは……」

かれは黙った。

ホロ・プロジェクションが変化した。おかしな黒い斑点が大きくなり、たがいにまじりあい、刻一刻と、極で連結されたふたつの半球でできたような物体に変わっていった。つなぎ目の周囲には純粋エネルギーでできたリングが自転していて、半球の断面は、奇怪な構造物でおおわれている。

罠だ！　という思いがエラートの体内をつらぬいた。

次の瞬間、周囲が変化した。はじめエラートは、タウレクが未知の船から逃げるべく絶対移動したのだと思ったが、《シゼル》はもはや宇宙空間にはいなかった。

空には血がしたたるような色の空がひろがり、地平線にはオレンジがかった黄色の灼熱の球が昇っていて、その向かい側では不規則なかたちの岩塊のような壮大な山が空高くそびえている。《シゼル》は、はてしなくつづく砂漠の数メートル上に浮いていた。砂漠の砂はダイヤモンドが降ったかのように輝き、砂丘の向こうに装甲飛行物体や防御バリアにつつまれたグライダーが出現する。そこから、宇宙服を着用した者が数十名、いや数百名も出てくる。武装したブルー族の全軍団だ。かれらは、まさにあらゆる場所にひろがっていた……

エラートは頭をそらして赤褐色の空を見あげ、円盤形の戦闘艦二、三隻の艦体を発見した。それはどんどん増えていった。

「フィクティヴ転送機だ」タウレクは不自然なほどしずかにいった。「われわれ、フィクティヴ転送機によってカルルジョンに運ばれたのだ」

エラートは硬直したようになった。すべてが非現実的に見える。まるで、無関心な観客として三次元映像を眺めているように。

「絶対移動を！」ヴィシュナの鋭い声が、不気味な静けさを破った。「ここから逃げなくては！　すぐに！」

この瞬間、ブルー族のところで閃光がはしった。むらさき色のこぶし大の渦フィールドが飛んできて、ひろがり、《シゼル》よりも大きくなり、おおいのように船をつつみこんだ。すべてが一瞬のうちに起こったが、エラートの過敏になった意識には、数分がたったかのように感じられた。

タウレクが大声をあげた。

コスモクラートが叫ぶのを聞くのは、エラートははじめてで、それがあまりに甲高かったので、からだが縮みあがる思いがした。

「ニヴェレーターだ！」タウレクは大声を出した。「あのばか者どもがニヴェレーターを使用した！　われわれ、ただちに《シゼル》をはなれなくては！」

《シゼル》をつつんだむらさき色の光が、刻一刻と強くなっていく。

6

カッツェンカットはほほえむことができない。人間がよろこびをあらわすときのこうした表情づくりは、かれには未知のものだ。それでも、ごく短時間のうちにふたたび《マシン十二》の司令室に向かったとき、かれの色素センサーは鮮やかに赤くなった。

コスモクラートが罠にはまった。あとから考えると不思議だったが、夢見者はこの生物たちをあっさりだませたのだ。《シゼル》は、戦争エレメントに完全に支配された女ブルー族ガルファニイと、ヴィデオカムの伝送範囲をこえた対話をしたあと、大胆にもヴリジン星系のはしまで前進した。《マシン十二》の転送機の作用エネルギーを完全に感じられるほどの距離で、コスモクラートたちには防御を試みる時間すらなかった。

かれらはもっとも外側の惑星の周回軌道に到達するかわりに、いきなり、カルルジョンのダイヤモンド砂漠の上空にいた。

いまや、敵をニヴェレーターで決定的に追放できるかどうかは、ブルー族……正確にいえば、かれらの戦争エレメント……にかかっている。

コスモクラートにチャンスはない、と、ゼロ夢見者は上機嫌でひとりごちた。ニヴェレーターは《シゼル》の周囲をますますきつく空間歪曲でつつみ、これ以上ないほど完璧な牢獄でかこいこむだろう。空間歪曲が完全に閉じる前にかれらが《シゼル》からの脱出に成功しても、ダイヤモンド砂漠で追跡され、個々にしとめられる。助かるチャンスは皆無《かいむ》だ。

透明宇宙服の飛翔装置によって、カッツェンカットはまた司令室のフォーム・エネルギー泡に向かって上昇した。周囲の技術地獄はさらに明るさを増し、恐ろしいほどうるさくなっている。夢見者は、その理由を知っていた。

炎だ、と、かれは考えた。次の犠牲者は、炎の標識灯そのものなのだ。《マシン十二》の巨大な機械は……きわめて複雑で、技術エレメントでさえ理解できないかもしれない……炎を無害化すべく、必要なエネルギーを集めている。

かれはフォーム・エネルギー泡に突進した。色素センサーが光や音の情報を収集し、サイボーグ生物たちの独特なにおいを感知する。

今回そこにいるのは1＝1＝クアソグだけではなかった。カテゴリー三のアニン・アンがほかに三体、ともにいた。以前に話したことがあるので、カッツェンカットは三体とも知っている。1 2＝3＝ノルスト、4＝3＝コルセン、6＝3＝ジイスト。いずれも六次元技術者だ。

夢見者は若干の方向修正をおこない、準備のととのったプラットフォーム・シートの人工重力フィールドにとらえられる。かれは頭をあちこち動かして、伸縮性のある頸を曲げた。

「どうなっている？」と、たずねた。

1＝1＝クアソグが反重力クッションに乗って、近くに漂ってきた。六次元技術者たちはうやうやしく背後にのこる。かれらのからだは直径一メートル以上の鋼ガラスの球で、カテゴリー一とは異なり、二本の触手に似たアームが伸びている。

「カルルジョンの状況はポジティヴな展開を見せています」《マシン十二》の船長が報告した。「《シゼル》はニヴェレーターの攻撃を受けました。ただし、乗員三名は逃げおおせましたが……コスモクラートふたりと、レジナルド・ブルというテラナーです」

「もうひとりの者は？」指揮エレメントはたずねた。「エラートだったな？　シ＝イトが、エルンスト・エラートという名前だといっていた」異人の名前をなんなく伝える。

「かれはどうなった？」

「船内にのこっています。空間歪曲に捕らえられたのです」

「上出来だ」と、カッツェンカット。「逃亡者三名もすぐに捕らえられ、尋問を受けるだろう。われわれはそのあいだに、炎の標識灯にとりくもう。だれか報告は？」

球状モデルの一体が漂ってくる。頭の色の微細な違いから、カッツェンカットはそれは4＝3＝コルセンだと見分けた。六次元技術者は、プラットフォーム・シートと1＝1＝クアソグから必要な距離をたもったまま、話しはじめた。

「目下、炎の標識灯はまだヴリジン星系から十八光年の距離にあります。いまの速度をたもてば……加速する徴候はまったく見えませんし……きっかり五時間十三分後にこの星系に到着し、保管作業をはじめるでしょう」

　カッツェンカットは一瞬、考えこんだ。

　五時間とすこしか、という思いがかけめぐる。あまり長くはない。

「どうする？」かれはメンタル性の質問をカテゴリー三に向けた。

「本来の計画では、すでにリニア空間で、ハイパー封鎖フィールドを使って炎の飛行を妨害することになっていました」と、4＝3＝コルセン。「しかし、炎のエネルギー潜在性についてのあらたなデータにより、この計画は断念するのが得策のようだとわかりました。計画を続行すれば、炎を停止させるために過剰なエネルギーを調達しなくてはならない恐れがあります。いまの状況では、われわれのストックはすくなすぎて、炎を無害化することはできません……」

　カッツェンカットはわずかに手を動かし、

「ほかにどんな選択肢がある？」

「提案としては、炎が飛行を終えて保管作業を開始するにまかせることです」4＝3＝

コルセンが説明する。「もちろん《マシン十二》と《理性の優位》は先にヴリジン星系から引きあげなくてはなりません。われわれはもっとも外側の惑星の周回軌道にセクスタディム・マグネットをのこし、ハイパー次元ケーブルでエネルギーを補給します」

「遠隔操作で補充する必要がないくらい、セクスタディム・マグネットに充分なエネルギーを蓄積しておけないのか？」夢見者は話をさえぎった。

「蓄積エネルギーだけでたりる可能性は高いでしょうが、不測の事態をカバーするほど充分とはいえません」技術エレメントが答えた。「われわれは懸命に努力していますが、炎の潜在力はまだ分析しつくされていないのです。推測するに、炎はより上位の連続体にエネルギー源を持っていて、使用されたエネルギーはそこで復元されるのでしょう。いったように、推測にしかすぎませんが」

「もちろんそうだろうな」と、カッツェンカットはいった。《シゼル》に対する襲撃が首尾よく終わって上機嫌だったが、その気持ちが消えた。

この問題は不確実要素だらけだと、かれは考えた。必要な情報を収集するには、もっと時間がかかるのかもしれない。しかし、冷気エレメントがこの呪わしい惑星をマイナス宇宙に連れさる前に、コスモクラートがゴルゲンゴルの起爆に成功するなどとは、おそらく予測していなかったのだ。

夢見者はもう長くセクスタディム・マグネットについて考えたことがなかったが、この計画が失敗した場合に生じそうな結果を想像すると、寒けを感じた。

「ハイパー次元ケーブルを通じてフィードバックが起こるかもしれない」と、想像を口に出す。「だから、わたしは異議を唱える」

カテゴリー三はアームをゆっくり動かした。

「安全装置を組みこみます。このプロセスが制御不能になったときには、フィードバックの危険があるのですが、確率はかなり低いでしょう」

だが、ありえなくはないのだ、と、カッツェンカットは考えた。自分は真っ先に《マシン十二》をはなれなくては。最前線に立つのは、指揮エレメントの任務ではない。自分は十戒の行動を調整しなくてはならないのだ。ゼロ夢のなかで、安全距離をたもって。なぜなら、道具が死んでも生きのびるのが自分の義務だからだ。

夢見者は、人間の咳ばらいに該当するしぐさをして、

「先をつづけろ」と、短く命じた。

「炎の標識灯が保管作業を開始したら、われわれはセクスタディム・マグネットを作動させます。炎が六次元性のショック波を放射するのはわかっています。それによって炎は時空システムを破壊し、次元的に不安定な状態をある限定ゾーンに発生させる。この不安定性は、べつの連続体からのエネルギー流入につながります。そのエネルギーを使って、炎はべつの時空システムを築くのです……全宇宙から封鎖されて隔絶された、宇

宙襞を」

4＝3＝コルセンは一瞬、黙った。考えているようだが、あるいは巨大船内のどこかでセクスタディム・マグネットの投入を準備している仲間からの通信を受けたのか。

「われわれ、六次元ショック波が出たら行動します」技術エレメントがつづけた。「マグネットも、同じく脈動するセクスタディム妨害波を発するでしょう。それがショック波を炎とシンクロナイズさせ、同時にエネルギー作用を引き起こします。その作用は、われわれがネガティヴ定数と考えるもので……」

「技術的な詳細はどうでもいい」カッツェンカットは話をさえぎった。「それで、なにが起きる？」

「そうなると」六次元技術者は答えた。「炎とマグネットが引きあいます。本来の保管プロセスに損害はあたえられませんが、炎みずからが宇宙襞に閉じこめられ、保管場所を出られなくなるでしょう」

「つまり、炎の標識灯がクロノフォシルの中心にはもはや到達しないということです」べつのカテゴリー三が発言した。

「それこそ、われわれがもとめるところだ」カッツェンカットはまとめ、1＝1＝クアソグを見つめた。「のこった時間でマグネットにエネルギーをフル充塡すれば、ハイパー次元ケーブルを使った供給を不要にできるか？」

「もしかしたら。しかし、不確実性が……」

「ハイパー次元ケーブルは」と、4＝3＝コルセン。「問題が生じた場合、かんたんに切断できます。危険はありません」

もう一体のカテゴリー三、6＝3＝ジイストがいった。

「わたしが感じる唯一の危険は、宇宙襞が閉じたあと、炎が爆発的にエネルギーを放出することです。その結果、システムが完全に破壊され、保管場所が破られるでしょう。最終的な算出では、この宙域にさらなる不安定ゾーンが生じることになります。最大で五百光年のひろがりと一億年の寿命を持つ連続体が、いくつも重層するわけですから」

「その場合、炎はどうなる？」カッツェンカットがたずねる。

「炎はいずれにしても無害化されます」6＝3＝ジイストが断言した。

「よし。きみたちの計画を了承した」夢見者はいった。「時間はまだ五時間弱ある」

カテゴリー三の三体ははなれて微光のなかに消え、構造亀裂から司令室を出た。

カッツェンカットは満足してシートにもたれていった。

「どうやら、ここで本当に炎の旅路は終わりそうだ。炎には、その任務を実行できる可能性はない。銀河系のこの宙域のクロノフォシルは、これでうまく排除された」

そして、頭のなかでこうつづけた。クロノフォシルというのが実際はなんなのか、永遠につづくこの戦いにおいてどんな機能があるのか、自分にもわかりさえすればいいのだが……

「わたしはいまだに、空間エレメントと精神エレメントを呼びだすべきだという意見です」１＝１＝クアソグはいった。「さまざまな宙域に艦隊の動きが記録されています。銀河系の諸種族が集結しているのです。おそらくブルー族かテラナーの艦隊がいずれ炎の標識灯に向かって飛んでくるのは確実でしょう」

カッツェンカットは否定するように手を振って答えた。

「数時間で、すべてが終わる。〝グルウテ〟と〝ギャン〟は第一攻撃に投入するのだ。動員は進んでいる。この二エレメントを呼びだしてわずらわせたくない」

「それでも……」船長はいいつのった。「コスモクラートはまだ完全に打ち負かされてはいません。たとえ戦争エレメントとその宿主のブルー族に行動不能にされたとしても……かれらが生きているかぎり、計算不能なリスクとなります。われわれが〝クロニマル〟の大群を使ったなら……」

カッツェンカットはいらだってサイボーグ生物を見つめた。

「時間エレメントは、ムリルの武器商人にとって必要だ。われわれの基地にいるクロニマルの大群は、第一攻撃のためにとっておかなくてはならない」

１＝１＝クアソグはあきらめたようだったが、最後にひと押しした。

「《マシン》をもう一隻、出動させることを主張します。もし……」

「もういい」カッツェンカットはきつくいった。「たったのふたりの生物だ……ひょっとするとコスモクラートですらなく、ただの使者かプロジェクションかもしれない。それを相手に、エレメントの十戒のうち三つが向きあうのだ。かれらにはチャンスはまったくない」

「わかりました」1＝1＝クアソグはつぶやいた。「決定にしたがいます」

7

シ＝イトにとって《マシン十二》への訪問は悪夢だった。そこで待ち受けていた技術地獄のせいではない。光と音の奔流はどうにか制御できる。また、肩に乗った戦争エレメントがサイボーグすなわちサイバネティク有機体と呼んだ、ロボットのような存在のせいでもなかった。

夢見者がかれを恐怖におとしいれたのだ。

カッツェンカット……指揮エレメントが。

肉体的には青白い肌の侏儒《しゅじゅ》で、目に見える感覚器官を持たない。煉瓦に似た頭の上の赤い色素センサーにはだれも気づかないからだ。それでもシ＝イトはつねに、監視され、操られている気がした。二体のサイボーグ……あるいは、蟹生物がいうところのアニン・アン……の鋼鉄のアームにつかまれたことが追い討ちをかけて、かれは深い不安、死の恐怖へ突き落とされた。

「ばかですね」ミミズがいった。カッツェンカットが言葉を使わない方法で戦争エレメントと意思疎通をはかったときのことだ。「あなたはばかです。信頼しないから！」

いや、と、シ＝イトは考えた。わたしはミミズを信頼するからばかなのだ。

もちろん、この思いは心にしまっていたし、自分の自由思考を夢見者からかくすためにあらゆる努力をしている。もちろん、まったく失敗はなかった。

ガタス艦隊の司令官にのぼりつめた者は……かつて〝無慈悲のシュ〟の艦で見習いをつとめたという汚点にもかかわらず……天才的といわないまでも、すぐれた能力を持つブルー族なのだ。夢見者のような生物との対決でさえも失敗しない。

そしていま、かれはカルルジョンにいた。

惑星首都がひろがる山の麓《ふもと》の台地で、一面の砂とダイヤモンドのなかに立ち、タウレク、ヴィシュナ、レジナルド・ブルを追っている。

シ＝イトは皿頭を軽くまわし、後方にある両目を《シゼル》に向けた。

コスモクラートの船が……全長八十メートル、褐色のパイプ状だ……まだ砂漠の上二メートルを飛んでいる。船は微光につつまれ、輪郭がひずんで見える。微光は、ニヴェレーターの放射によるものだ。

思わずブルー族は、その武器を握る力を強くした。細長い銃で、昔のほうきの柄に似ている。先には漏斗状の照準器があり、反対側は太い円錐形になっている。銃口はない。漏斗を目標に向け、撃ちたいと念じればいいのだ。

するとニヴェレーターが発射される。

その放射が命中したものはすべて、空間歪曲に隔絶されてしまう。時空構造にポケットのような、通常の連続体から切りはなされたゾーンがつくられるのだ。この経過は、炎の標識灯が生みだす保管場所にいくらか似ている。ニヴェレーターはべつの原則にもとづいて作用しているにちがいないのだが。というのも、〝ポケット〟の内部は、ゆがんではいるが、ずっと目に見えているからだ。その物質は氷のように冷たく感じられるようになる。

「ぼうっとせず、行動しなさい」ムウルト・ミミズがシ＝イトの思考にもぐりこんできた。

ブルー族は乱暴な悪態をさえずるように口にすると、防護服のグラヴォ・パックを作動させ、急角度で上昇した。砂漠、《シゼル》、装甲飛行物体、グライダー、兵士たちの集団が眼下にはなれていく。

「行動したではないか」シ＝イトは苦しそうにいった。「一発めを《シゼル》にはなった」

「ほかに選択肢はありませんでした」まだクリームソースが詰まった保存用缶のなかにいるミミズは、かれをなだめようとした。「でなければ、ほかの者たちに疑念をいだかせたでしょう」

シ＝イトは黙っていた。

乗員三名は運よく《シゼル》から逃げだしたが、四人めのエルンスト・エラートはいま、人工的につくられた空間歪曲の向こうに捕らえられている。いずれ脱出できるかどうかは、夢見者だけが知っているのだろう。シ＝イトはまた悪態をつくと、南に向かった。レジナルド・ブルがいる場所だ。

数分後、かれはテラナーのおよその現在地に到達した。砂漠には岩のモノリスが、巨人の忘れたさいころのように散らばっている。ブルはそこでかくれ場を探していた。かれのセランの赤い色が、上空からだとはっきり見える。その上を、防御バリアを張ったグライダーが旋回している。装甲飛行物体や数百名のブルー族……カルル人の兵士と《トリュリト・ティルル》の乗員……が、あちこちに点在する岩を包囲していた。

テラナーにチャンスはない。

空から攻撃し、グライダーの重火器で個体バリアを破壊して殺すのはかんたんだろう。しかし、殺害が重要なのではない。夢見者はこのテラナーを生かしておきたいのだ。

カルル人の兵士集団が装甲飛行物体の掩蔽《えんぺい》のもと、散らばったモノリスの周辺部に到着し、組織的に分子破壊銃で岩を分解しはじめた。

シ＝イトはなんとか興奮をおさえて待機した。

すぐに終わるだろう。ブルは自分に迫る危険に気づいたらしく、捨てばちな行動を決意していた。グラヴォ・パックのレベルを最高にしてカルルジョンの空高く飛びあがったのだ。しかし、シ＝イトの部下のひとり……首席通信士のエリュファル……は、まさにその瞬間を待っていた。かれもニヴェレーターを持っている。漏斗形の銃身から渦フィールドが発射され、次の瞬間、テラナーをつつみこんだ。空中にいたブルが動かなくなった。一秒ごとに速度が落ちてゼロに近づいていく。凍りついたように空と砂漠のあいだに引っかかった。琥珀のなかの虫だ。動くことも防衛することもできない。

グライダーの一機がテラナーに向けて降下してきた。ハッチが開き、レジナルド・ブルは牽引ビームで引きよせられた。ハッチがふたたび閉まり、グライダーは速度をあげて、カルルジョナに向かった。着陸した《トリュリト・ティルル》が獲物を待っている場所だ。同時に、大きな搭載艇が台地から《シゼル》に接近してきた。搬送のためだろう。

「わたしにできることはないな」シ＝イトはさえずるようにいった。

ひとり言のつもりだったのだが、またムウルト・ミミズの声が響いて身をすくめた。

「適切なタイミングを待つのです。いまコスモクラートの側に介入するのは狂気の沙汰でしょう」

シ＝イトは甲高く笑った。

「狂気か！」暗い声でくりかえす。「陰険な青い被造物にかけて、まさにふさわしい言葉だ！」

肩の上には銀色の戦争エレメントが、動くことなく鎮座している。もう話しかけてくることはほとんどない。ムウルト・ミミズがどのようにこの生物の暗示的影響をはらいのけ、それどころか逆の作用を引き起こしたのかと、シ＝イトはまた自問した。いま、エレメントはシ＝イトのコントロール下にある。エレメントはシ＝イトに従属し、かれが夢見者や《マシン十二》のサイボーグやほかの戦争エレメントから反逆者とみなされないよう、守っているのだ。

ひょっとすると、自分は思い違いをしていたのかもしれない。

このミミズには本当の意味で知性があるのかも。

だが、すべてがトリックだという可能性もある。めずらしい美食を楽しみたいというシ＝イトの計画を妨害するための狡猾《こうかつ》な策略かもしれない。

知性を持つように見えるミミズは、食うか食われるかという問題になったら、なんでもするだろう。

シ＝イトはさえずった。

この問題は、あとで考えなくてはならない。いまは、生きのびて、コスモクラートとテラナーを助けるチャンスを待つのが肝要だ。

腰のベルトに軽く触れてコースを変えると、北に向かい、眼下で光り輝く砂漠のさらに奥へと進んでいった。ときどきヘルメットの遮光スイッチを作動させ、目がくらまないようにする。

十分後、タウレク相手にブルー族たちが苦戦を強いられている場所に着いた。

コスモクラートは防護服も、武器も身につけていないようだが、セランを着用してビーム銃を持つブルと同じように危険な敵だった。

タウレクは砂漠の中央に立っている。ダイヤモンドの反射によって、輝く光の環のなかに埋もれていた。あちこちにグライダーや装甲飛行物体の破片が、太古の時代の巨大な昆虫のからだのように落ちている。そのほかのマシンは、畏敬の念をこめて距離をたもっていた……カルル人兵士の数千の集団やニヴェレーターで武装した半ダースのガタス人も同じだ。

その理由をシ＝イトは見つけた。

ヘルメット・ヴァイザーの顕微鏡機能を使い、分子構造を再構成した結果、コスモクラートの映像が鮮明に拡大されたのだ。いくつか窓がついたさいころのようなものを両手に持っている。この窓のひとつからおや指大の物体がすべりでて、数秒で身長が一ブルー族と同じになり、横幅は倍になった。ロボットだ。武器を豊富にそなえ、金色に輝いている。ロボットはすぐにスタートし、急激に加速して、グライダーの部隊に向かっていった。グライダーはすぐに交戦を開始してあらゆる方向に砲撃するが、反応はそれほど早くなかった。ロボットの銃身から青白い閃光がはしり、グライダーの一機に命中する。グライダーはふらつきはじめ、枯れ葉のように落下していき、空中分解した。

ブルー族はその残骸から這いだして、コンビ銃をロボットに発射したが、赤い防御フィールドになんなく吸収されているようだ。

この卓越したロボットはさらに、主要部隊が集結した場所にも登場していた。

コスモクラートは逃亡をつづけようとせず、ダイヤモンド砂漠に堂々と立ち、戦っている。その冷静さにシ＝イトは驚嘆した。これだけの力があっても敵の数の前には屈するだろうと、タウレク自身もわかっているはずだが。

タウレクのロボット複数に、ニヴェレーター独特の渦フィールドが命中した。奇妙にもそれは通常の空間歪曲作用を発揮しなかったが、ロボットは命中するたびに縮んでいき、とうとうふらつきながらコスモクラートのところにもどっていった。そのまままさらに収縮し、ふたたび、さいころのなかに消えた。

もうすぐだ、と、シ＝イトは考えた。もうすぐ終わりだ。

しかし、このときコスモクラートがなにか物体を唇に当てていた。笛のようだが、タウレクが息を吹きこんだとき、シ＝イトの防護服の高感度外側マイクロフォンでさえも、なにも音をとらえなかった。

砂が波打つ。

二秒後、最初のガスがふくれあがった。

三秒後、竜巻が渦をつくり、大量の砂を宙に噴きあげた。

四秒後、ちいさな空間に強力な嵐が吹き荒れ、兵士や装甲飛行物体はダイヤモンドと水晶の塵に埋もれた。シ＝イトは猛烈な勢いで引っ張りあげられ、高性能のグラヴォ・パックでさえ、その飛行を安定させられなかった。嵐はまたはげしさを増し、シ＝イトはもとのコースから引きはなされて空高く飛ばされ、わきに追いやられる。不安定な状態で、轟音をたてる空気、砂、ダイヤモンドのカオスのなかを、無数の榴弾の破片が埃《ほこり》の靄を駆けめぐるように飛んだ。

それからすぐに、シ＝イトは暴風によってほうりだされた。

ぼんやりして周囲を見まわす。まわりには砂の山が築かれ、渦を描く風がまだ吹き荒れていた。空や遠くの台地、ガタス人とカルル人の小規模部隊を見ようとしても、砂のぼろぼろのヴェールで視界がさえぎられている。眼下にはタウレクが立っていた。

シ＝イトは台風の目のなかにいた。そこは完全にしずかだが、わずか二十メートル先では自然の猛威が荒れ狂っている。

「撃って！」ムウルト・ミミズが突然いった。「撃ちなさい！　監視されています」

この瞬間、シ＝イトは影が見えたような気がした。グライダーか搭載艇の影だ。タウレクが頭上を見あげた。人間に似たその顔に、驚くような表情がはしる。かれは手をあげ、防御するようなしぐさをしたが、シ＝イトはすでにニヴェレーターを向けていた。渦フィールドが漏斗から発射され、野獣のようにコスモクラートを襲うと、その輪郭がぼやける。

嵐がやんだ。

砂漠のなかで孤立したタウレクを揺らめきがつつむ。その姿が空間歪曲の奥にとらえられた。

一瞬ののち、装甲グライダーがシ＝イトのわきをすべるように通過し、地上めがけて降下してきた。鋼の機体でコスモクラートがかくれる。グライダーがふたたび上昇したときには、タウレクは消えていた。

《トリュリト・ティルル》に向かったのだ。

シ＝イトにはほかに選択肢はなかった。長くためらっていても問題だっただろう。わかっていたが、それでも罪悪感にさいなまれた。

「わたしは顕なしだ」かれは自分を呪った。「恥の被造物と陰険な被造物の奴隷になりさがってしまった。孫の代までわが名を恥じるだろう。銀河イーストサイドの全域でうしろ指をさされ、こういわれるのだ。〝見ろ、あれが裏切り者のシ＝イトだ〟と……」

「いまは自己認識の時間としてはふさわしくありません」ムウルト・ミミズがいった。

「ヴィシュナはまだ自由の身です」

「おまえなんか、ブラックホールにのみこまれればいい！」シ＝イトはさえずった。

「暗闇の産物め！」

ミミズは笑っただけだった。

シ＝イトは悪態をつきながらまたコースを変えて、西へ向かって飛んだ。今回は半時間で戦いの場所に到着した。

そこで驚きのあまり、軽く声をもらした。

ヴィシュナがグライダーの集団と、宇宙服を着用したブルー族数百名に追われている。彼女自身は、防衛のための道具は身につけていないようだ。ヴィシュナをじっと見つめるのは、奇妙な体験だった。外見的には、ほかの女テラナーすべてと同じで非常に醜いのだが、ときどき影のように、べつの姿がかぶさってくる。魅惑的な長い軟骨の頸、平たい皿頭、性的魅力あふれる色と模様の頭蓋を持つ、痩軀の女ガタス人の風貌だ。

シ＝イトはまばたきした。

幻は消えて、そこには明確な輪郭のない一ヒューマノイドがいるだけだ。ひとりの修行僧がダイヤモンド砂漠をジグザグに疾駆している。その足は地面に触れていない。走っていないのだ。四肢はまったく動かさないが、グライダーと同じ速度で進んでいく。

彼女の左右で、ニヴェェレーターの渦フィールドが惑星カルルジョンの物質を空間歪曲の奥に孤立させようとするが、粒状の砂と光るダイヤモンドに命中し、むなしく消えていくばかりだ。

「飛んでいる」シ＝イトは理解できずに、さえずった。「彼女はなぜ、飛んでいるのだ？　技術的な道具もないのに？」

「ばかですね」ムウルト・ミミズがまたいった。「彼女はコスモクラートで、人間ではありません。飛んでいるのでもなく、進んでいるのです。ただ、あなたたちのような頭の悪い被造物にはみじんもわからない方法を使って」

シ＝イトはあえいだ。頭の悪い被造物だと！　このミミズは思いあがっている。

「コスモクラートについてなにを知っているというのだ」軽蔑するようにいう。

「あなたが思っているよりもずっと」ミミズは答えた。

ヴィシュナの速度があがった。追っ手からの距離が開いたが、シ＝イトは彼女にチャンスがないことを知っていた。地平線からさらに部隊が接近している。先頭に立っているのはギュルガニイ、ユティフィ、ユルリイ……あるいは正確にいえば、かれらのからだを操縦する戦争エレメントだ。

女コスモクラートは危険に気づいたようで、大きく曲がってわきによけた……そこで二発の渦フィールドに当たった。

彼女が硬直した。

戦いは終わった。

両コスモクラートはエレメントの十戒の掌中に落ちたのだ。

シ＝イトは心配して、小声でさえずった。

「これですべて終わりだ。なぜ、コスモクラートはこんなことを許したのだろう？　かれらは強大だと思っていた。強力だ、わかるか？　だが、十戒の力はより強かったようだ。宇宙の全被造物にかけて、われわれの敗北ということ。コスモクラートですらエレメントに対抗できないのなら、どうすれば勝利を手にすることを望めるだろう？」

「シ＝イト」と、ミミズ。「相《あ》いかわらず、うすのろですね。本当にコスモクラートがわずかなブルー族から身を守れないほど弱いと思っているのですか？　かれらはたしかに自分たちの持つ全手段を投入することはあきらめました。ニヴェレーターは高度に発達した武器ですから。しかし、空間歪曲フィールドは内側から破ることができるのです。タウレクにはそれに必要な能力がある。かれが望めば《シゼル》は脱出できます」

ブルー族は困惑して皿頭を振り、

「だが、それならなぜ、タウレクは行動に出なかったのだ？」と、あえいだ。「なぜ黙認したのか……」

「なぜなら」ムウルトはほとんどうんざりしたように答えた。「空間歪曲フィールドの破壊は、ブルー族の子供が卵の殻を内側から割って生まれてくるのとは、いくぶん違うからです。カルルジョン全体が……ひょっとすると星系まるごと……この時空連続体からはじきとばされるかもしれない。だからタウレクは断念したのです。それに、かれは攻撃に対して、お遊び程度の抵抗しか見せませんでした。相手が敵ではなく、戦争エレメントの犠牲になっただけの友だと知っているからです。わかりましたか？」

「いや」と、シ＝イト。「ますますわからなくなった。おまえはまったく不気味な存在だ。どうして、すべてを知っている？　ほかのだれにも聞かれることなく、どうしてわたしに話しかけられるのだ？　どうやって、わたしのエレメントに影響をおよぼし、カッツェンカットをだませた？　おまえはなにものだ、ムウルト？　なんなのだ？」

一瞬、沈黙が訪れたが、ムウルトは答えた。

「わたしはミミズです、シ＝イト。クリームソースが詰まった缶のなかで泳ぎながら、あなたが良心の呵責《かしやく》に打ち勝ってわたしを食べる日がいつくるかと、恐怖に満ちて考えている。それだけです」

それはシ＝イトが期待していた程度の答えだったが、うれしいものではなかった。どこか、このミミズが嘘をついている気がしていた。

無言でかれは腰ベルトの操縦センサーに触れ、カルルジョナのある台地に向かって飛び立った。《トリュリト・ティルル》にもどるのだ。

8

数分前に、炎の標識灯はリニア空間を離脱し、光速の八十パーセントでヴリジン星系のもっとも外側の惑星の周回軌道に接近した。

カッツェンカットはこの巨大な構造物のホロ・プロジェクションを魅了されたように見つめた。

炎は大多数の恒星よりも大きく、そのなかには一度も球状星団に発展したことのないエネルギーが貯蔵されている。カッツェンカットは一瞬、自分の計画の実現性について疑念をおぼえた。《マシン十二》のコンピュータが計測データを用いてホログラムをつくっているいま、その炎を見て、自分がどれだけの権力と対峙《たいじ》しているかはっきり悟ったのだ。

しかし、その懐疑心をなんとかおさえる。

四千年をこえる生涯で、技術の奇蹟は充分に見てきた。炎の標識灯でさえも色あせる奇蹟を……

「あと四十五分で、炎が不帰の点に到達します」1＝1＝クアソグが伝えてきた。不帰の点……カッツェンカットはこのぴったりの表現がおもしろかった。このポイントで炎の標識灯はヴリジン星系の保管をはじめ、それによって旅の終着地に到着するのだ。

夢見者は軽く横を向いて、第二のホログラムを見つめた。こちらはべつの世界への窓のように司令室の微光のなかで浮いている。このホロ・プロジェクションは第十七惑星と第十八惑星のあいだの宇宙空間を切りとって見せていた。星々を背景にした暗闇に、スペクトルの全色に輝く円盤に似た物体がある。セクスタディム・マグネットだ。近くにほかの物質がなく、サイズの比較はできないが、この凝縮六次元エネルギー製の円盤の直径が三十キロメートル、厚さが二キロメートルだとカッツェンカットは知っていた。

炎の標識灯の巨体にくらべると、まるで小人だ。だが、その小人が巨人を引きつけ、永遠に縛りつけるだろう。

カッツェンカットはこの光景から目をはなした。

司令室の奥では三体の六次元技術者が、なかに《マシン十二》の船載脳が入っている正四面体のひとつをかこんでいる。ハイパーエネルギー・フィールドを構造化・小型化したもので、超光速での計算が可能だ。高度発展技術を持つ銀河系種族テラナーが、似たような作用をする計算機を発展させたのを、夢見者は知っている。かれらはそれを

〝シントロン〟と呼んでいるが、《マシン十二》にあるモデルとくらべれば、エレクトロン脳とポジトロン脳くらいの差があった。

かれは重要ではない物思いを振りはらった。

さらにちいさなホログラムがひとつあり、それはガタス艦隊の一隻、《トリュリト・ティルル》をうつしていた。捕まえたコスモクラートと《シゼル》を《マシン十二》に輸送してきたのだ。

すべて完璧に進んだと、夢見者は満足げに考えた。コスモクラートは排除されたし、炎の標識灯の運命も、一時間もしないうちに確実になる。

炎とともにブルー族も、永遠につづく宇宙襞に閉じこめられるのだが、かれらの運命を考えるようなむだなことは、夢見者はしなかった。カルル人はこのチェスではただのポーンだ。問題なく犠牲になっていい。保管が成功したら、戦争エレメントはみずから消滅するだろう。人工生物には自己保存本能がない。たとえあったとしても……カッツェンカットは指揮エレメントだから、その指示は絶対だ。

かれは、プラットフォーム・シートの数メートル前で浮いて指示を待っている1＝1＝クアソグのほうを向いた。

「この星系をはなれよう」カッツェンカットは子供のように高い声でいった。「安全な距離を充分にとれたらすぐに、技術者はハイパー次元ケーブルの調整をはじめろ」

1＝1＝クアソグは無言で、身じろぎもしなかった。しかし、カッツェンカットは《マシン十二》に通信命令がいきとどき、巨大で複雑な機器が作動しはじめたのを、内なる目で確認した。六次元オープナーが上位連続体からエネルギーを抜きとり、転換機が構造化し、保管装置がそれを集め、のちに脈動させて炎にぶつけるのだ。

だが、夢見者は詳細には関心がなかった。

そうした技術的な部分はアニン・アンの担当だ。

「はじまりました」1＝1＝クアソグが数秒後にいった。「《マシン十二》はすでにスタートしています。まもなく最適なポジションに到達するでしょう」

「上出来だ」カッツェンカットは立ちあがり、なにかうながすように手を動かした。「では、捕虜の始末にとりかかろう」

プラットフォームからジャンプすると、フォーム・エネルギー泡を突破して下降していく。そのあとから1＝1＝クアソグがつづいた。カッツェンカットは飛行を制御する必要はなかった。透明防護服のマイクロコンピュータが目的地データを《マシン十二》の巨大計算機群から得ていて、《シゼル》と捕虜が待つ場所に誘導するのだ。

目のくらむような明るさ、耐えがたい騒音、緩慢に浮いているプラットフォームからなる迷宮を、二名は急いで抜けていった。いたるところに技術エレメントがうごめいていて、その一団が二名にくわわる。

カテゴリー十七のモデルだ。不格好な巨体で、突きでた無数のアームの多くは武器だ。カッツェンカットは危険は避けたかった。

とうとう、船の半球の巨大な下極周縁部に着いた。湾曲した鋼ガラスの壁面に、さらにフォーム・エネルギー泡がついている。司令室とは違って、カッツェンカットの色素センサーに突き刺さるようなどぎつい黄色だ。色素センサーが暗くなって明度をおさえたので、なんとか耐えられる。その黄色い泡に出入口が開き、カッツェンカット、1＝1＝クアソグ、カテゴリー十七はなかに飛びこんだ。

そこに《シゼル》があった。

楕円形の鋼ガラス製プラットフォームの上にあり、その輪郭が輝いている。長さ八十メートルのパイプのわきの床で横たわっている三名の輪郭も同じだった。カッツェンカットは、数歩はなれたところに立っているシ＝イトのことは気にせず、三名に近づいた。シ＝イトは肩に戦争エレメントを乗せて、空虚な目をしている。

このブルー族は道具なのだ。使いたいときにしか、注意を向けるのに値いしない。

カッツェンカットは探るように捕虜たちを見つめた。硬直し、時間が流れない空間歪曲の牢獄に幽閉されている。夢見者は、すぐにテラナーのブルがわかった。銀河系でもっとも重要な種族の姿かたちは知っている。この生物の身長、がっちりした手足、太い頸、ほとんど球状に近い頭部、赤く縁どられた口、前面中央で突きだしている鼻、ふたつのくぼみのなかにある、白地にまるい黒点……目、眼球、瞳孔《どうこう》……を、冷静に受けとめた。

頭は赤い毛におおわれている。動物由来のこの遺伝性質を、テラナーはまだ放棄していないのだ。カッツェンカットは自身のつるつるした青白い肌を誇らしく思った。じつに原始的な生物だ。これが銀河系の主要な種族で、この力の集合体を統治する超越知性体の弟子なのか？

ばかげている……だが、それが現実なのだ。

次に夢見者は、コスモクラートのほうを向いた。

思っていたとおり、人間的な外見はただの擬装だ。観察しているうちに、かれらの風貌やからだのかたちが変化してくる。ときどき、サーレンゴルト人のような姿になった……とくにヴィシュナという名の女コスモクラートはこの現象が著しい。タウレクのほうがより安定性をたもっていた。

「三名だけか」カッツェンカットは確認して、シ＝イトを見つめた。「四人めはどこだ？　エラートだったか？」

ブルー族は《シゼル》をさししめした。

「かれはこの船からの脱出に失敗した」

カッツェンカットが合図すると、技術エレメントは武器を船に向けた。夢見者は《シゼル》の中央部をとりまくプラットフォームを見あげて観察した。操縦ピラミッドと鞍に似たシートがあるだけだ。おそらくエラートは船の奥にいるのだろう。

一瞬、カッツェンカットはプラットフォームと操縦ピラミッドの上に靄がかかったのが見えた気がしたが、すぐにその感覚は消えた。空間歪曲フィールドの独特の輝きによって引き起こされた錯覚にちがいない。

かれはまた合図した。

カテゴリー十七の一体が飛んできて、カッツェンカットに中和装置をわたした……ニヴェレーターの小型版だ。まずかれは船を調査したかった。とくにデータ記憶バンクに興味がある。ひょっとするとコスモクラートやクロノフォシル、あるいは物質の泉の彼岸についての貴重な情報さえ入手できるかもしれない。

夢見者は集中した。

中和装置の漏斗口から甲高い音が響き、《シゼル》の周囲をつつむ輝きが弱くなり、完全に消えた。

そのとき……ふたたびあの靄があらわれた。まさか……？

カッツェンカットは不機嫌になって頭を動かした。いや、ばかな。なにもない。

「徹底的に調査しろ」短く命じた。

技術エレメント六体がプラットフォームまで上昇した。二体がしばらくカッツェンカットの視野から消える。入口を発見し、なかに侵入したのだろう。数分後、もどってきて、一体がこういった。

「いませんでした」

「いない？」カッツェンカットは信じられない思いでくりかえした。「ありえない！四人めの捕虜はどこだ？　エラートは空気中に消えたりしないぞ！　シ＝イト！」

戦争エレメントを乗せたブルー族が従順に近よってきてさえずり声で答えた。

「エラートは《シゼル》をはなれていない。記録があるのだ。自分で見てみるといい。空間歪曲が閉じたとき、かれはプラットフォームに立っていた。そこにいるはずだ」

「船は空です」カテゴリー十七が主張した。

カッツェンカットは一瞬ためらった。かれは不安になっていた。なにかがおかしいと感じる。もちろんシ＝イトを信頼している。エレメントは……というのも、シ＝イトの声で話しているのはエレメントだからなのだが……夢見者に嘘をつかないのだ。

かれはまた、自分が見た気がした例の靄のことを考えた。

「記録を見てみたい」シ＝イトはいった。「データはすでに転送したか？」

「もちろん」シ＝イトははっきり答えた。

「ここでのこともすべて記録されているな？」こんどの質問は1＝1＝クアソグに向け

られていた。

「はい」船長が断言する。

「よし」カッツェンカットはすこし黙って、いった。「《シゼル》は防御したほうがいい。フォーム・エネルギー泡だけでは不充分だ。クアソグ、たのむぞ。われわれは一度、司令室にもどり、記録を確認する。ひょっとすると、船載脳がこの謎の解決法を発見するかもしれない」

突然かれはうしろを向くと、フォーム・エネルギー製の格納庫を出た。技術エレメントがしたがう。ブルー族と捕虜だけがとりのこされた。

夢見者はまた靄のことを考えていた。

あれを観察したことが解決のきっかけにつながるかもしれない。すぐにわかるだろう。心配無用だ。技術エレメントでいっぱいの《マシン十二》に対して、たったひとりの生物がなにをなしとげられようか？

9

それは悪夢にちがいなかったが、夢ではなかった。

不可解な渦フィールドが《シゼル》に命中した瞬間、両コスモクラートとレジナルド・ブルはすばやく船を脱出した。一方、エルンスト・エラートは本能的にからだをヴィールス雲に分解していた。

かれは友たちを追いかけるつもりだった。

しかし、不可能だった。

エネルギー・フィールドが《シゼル》をつつんだように見えたとき、分解されたヴィールス細胞が伝えてくるセンサーの情報で知ったのだ……このフィールドは氷のように冷たいと。

外には、ブルー族、グライダー、装甲飛行物体、カルルジョンのダイヤモンド砂漠が見えたが、次の瞬間、ぎらついた黄色の壁にかこまれたひろい空間に変わった。かれはまだヴィールス雲のまま《シゼル》のプラットフォームの上を漂っていたが、分散したヴィールス脳は、クリスタル細胞でできたマルチ感覚器官の認識から多くのデータを受けとっていた。

ブルー族がひとりいる。あれはシ＝イトだろうとエラートは考えた。ほかに一ダースほどのマシンがいたが、それはロボットではなく、有機脳によって制御されている……サイボーグだ。さらに青白い肌をした小柄な生物がいて、その権威的な動きから、指揮官だとわかった。

サイボーグたちと青白い肌の者、ブルー族のあいだのコミュニケーションは、一部は言葉、一部は精神を通じたものだった。エラートにはメンタル・インパルスは理解できない。かれのヴィールス集合体はそうした特性を持ちあわせていないのだ。だが、かれはそれをくぐもった背景音として〝聞いて〟いた。

黄色い壁はフォーム・エネルギー製だった。

記憶がよみがえる。一時的な異常現象、フィクティヴ転送機を使って《シゼル》をカルジョンにうつした未知の船……シ＝イトの肩に乗った戦争エレメント。

結論は明らかだ。

サイボーグと青白い肌の者は、十戒のさらなるメンバーということ。

エラートはパニックに襲われるのを感じた。タウレク、ヴィシュナ、ブルを見つけたからだ。かれらは捕虜になり、空間歪曲フィールドにつつまれていた。自分と《シゼル》が閉じこめられたのと同じフィールドだ。べつの場所への即時移動という奇妙な現象から、おそらくこの空間歪曲には時間が流れていないのだろうと推測された。

完璧な牢獄だ。

なにか行動しなくては。友たちを助けるか、逃げだすか、もっと情報を収集するか……


……


こうして考えていたのは、ほんの一瞬だった。エラートはさらに自己をごく微小なヴィールスにまで分解し、たがいにはなれさせた。見つかってはならない。サイボーグたちは、ロボット体のなかに、こちらを探知できる器具をもっているかもしれない。この空間から脱出しなくては。

だが、方法は？

分解したかたちでも、フォーム・エネルギーは突破できない。

かれは空間じゅうにからだを散らばらせて、待った。からだの個々のヴィールスが十センチメートル離れても一メートル離れても、思考はできる。

そのとき、またあることに気づいた。

あまりに奇妙な現象だったので、一瞬、自身の理解力を疑ってしまいそうになる。

ブルー族のシ＝イトが不思議なオーラにつつまれているのだ。戦争エレメントから発するものではない。従来の意味でのエネルギーやプシオン・フィールドではなく、散乱放射のようなオーラで、まったくべつのレベルにある実在、目に見える〝シュプール〟だ。エラートはきわめてちいさいヴィールス集合体の一部を操って、このオーラに近よったが、抵抗にあった。はじめはおだやかだったが、動揺せずにいると、しだいに強まり、とうとう強力な壁にぶつかったような感覚をおぼえた。

さらにまだ、なにかがある……

警告だ。言葉によるものではないが、きわめて強く、一瞬、後退するほどだった。

〈用心しろ！　はなれるのだ、友よ！　危険だ！〉

エラートは困惑した。相手に敵意がないことを自分は知っている……どこでその知識を得たのかは説明できないが。同時に、妙に距離を感じるものの、自分に向けられているのが友情の印であることもわかった。それは相手が自分と精神的に似通っているというのではなく、むしろ、ある点においてふたりが偶然に一致していることをしめすものだ。この〝実在〟は……この未知の力をあらわすのに、それがもっともふさわしい表現だった……あまりに異質で、人間の尺度でははかることができない。

ただ、ひとつだけは確実だ。この実在は、青白い肌の者やサイボーグに発見されることを恐れている。つまり十戒の敵で、そういう意味では潜在的にエラートの同盟者にちがいない。

エラートは、シーイトがその存在を知っているのだろうかと考えたが、否定した。ブルー族は戦争エレメントの影響下にあり、自由意思を持たないはず……

メタモルファーは突然、推測をくりひろげるのをやめた。

青白い肌の者とサイボーグがフォーム・エネルギーの泡をはなれたのだ。エラートは、このチャンスを有効に使うために、用心深く、しかしすばやく、分解したヴィールス体を集めて構造亀裂を抜けた。開口部は大きくなく、からだを収縮させなくてはならなかったため、一瞬、靄のようなかたちでヴィールス雲が見えた。しかし、構造亀裂を通過すると、すぐにあらためてからだを分散させて急いではなれた。

出た場所は地獄だった。

強烈な光と轟音、重力とエネルギーの渦、高性能の働きをしていそうな奇怪なマシンからなる迷宮だ。

時間がない。

かれはそれを感じた。

わかっている。

情報だ！ 情報を集めなくては！

かれはメタモルファーで、ヴィールス・インペリウムの極小部品からできている。ヴィールス・インペリウムはコスモクラートによって建造された、膨大なデータ収集形成物だ。ヴィールスの任務は情報を処理して関係性にあてはめ、分析し、結果を算出すること。エラートの分解されたからだは道具なのだ。かれはこの道具を動かしはじめた。

珍奇な植物の胞子のように、この技術の地獄を漂流し、分散する。純粋に知覚して受容するため、かれの意識は背後にさがっていたが、それでもまだ考える能力は失っていない。ヴィールスは風変わりな鋼ガラス壁を通過して、機器の内部を調査し、エネルギーの流れに入りこみ、五次元性分配ステーションのネットワークに到達し、脈動する重力ゾーンに侵入し、機器の一部、エネルギーの発生装置や転換装置、n次元フィールドの調節装置、コミュニケーション・システム、情報分岐点にみずから入りこんだ。

多種多様なデータがメタモルファーのパッシヴ意識に奔流となって流れこんでくる。概念が出現し、明らかになり、認識が育つ。理解が生まれる。

《マシン十二》。技術エレメントの宇宙船。夢見者、カッツェンカット。指揮エレメント。ニヴェレーター。セクスタディム・マグネット。

すべては概念でしかなく、膨大な蓄積データの総称にすぎない。

《マシン十二》の船長、1＝1＝クアソグ。アニン・アン。異なる十七種類のモデル、すなわち十七のカテゴリー。ゼロ夢。《理性の優位》。セクスタディム・マグネット。

エラートは、はっとした。セクスタディム・マグネット。この概念が何度もくりかえしあらわれ、《マシン十二》のデータブロックを進むほどに増えてくる。炎の標識灯と直接的な関係がある概念だ。

メタモルファーは、さらに集中して追求した。時間が……時間がない。巨大船はすでにカルルジョン近傍のこれまでのポジションをはなれ、ヴリジン星系の境界に向かっていた……接近しつづける炎の標識灯に向かって飛んでいるのだ。

セクスタディム・マグネット……炎の標識灯。

エラートのからだを構成するヴィールスのひとつがとうとう、ある機器の複合体に入りこんだ。それはべつの連続体からn次元エネルギーを抜きとり、転換して貯蔵し、分配している。この機器とつながっているのは、べつのマシンだ。それは通常の意味での機械ではなく、フォーム・エネルギーと重力フィールドでできた物体で、船の遮蔽《しゃへい》された中央計算機によって制御されている。それにくわえて、五次元性の輸送手段があると推測できた。

ハイパー次元ケーブルだ。

エラートは、炎の標識灯、セクスタディム・マグネット、ハイパー次元ケーブルに関するデータをためておいたが、そこにさらなる情報が入る。かれは最終的に理解した。

青白い肌の者……夢見者カッツェンカット……は、炎の標識灯がつくりあげた宇宙繭のなかに、炎自体を閉じこめようと計画している。炎の進行をとめて、その任務成就を妨害し、永遠に宇宙から隔絶する気なのだ。クロノフォシルという概念もあらわれたが、エラートがさらに追求しようとすると、保安処置が立ちはだかった。封鎖回路になっていて、権利のない者によって特定のデータが引きだされるのを阻止している。封鎖の一部は解除できるだろうが、ほかがあまりに複雑で、かぎられた時間では解除できない。

また、クモの巣のように粘りつくべつの罠もあった。あえてそこに近よると、罠はかれをとらえて破壊しようとした。

しかし、そんなことはかまわない。

エラートは自分がなにが関わっているかわかっていた。どんなことがあっても、炎の標識灯が技術エレメントの陰謀の犠牲になるのを阻止しなくてはならない。妨害工作には妨害工作で応じるのだ。……その後、ブルとコスモクラートたちを助ける方法を見つけよう。なんとかして。

すこし動きをとめて、分散したヴィールスを集め、やや大きめの集合体をつくった。発見されない程度にはちいさいが、より複雑な問題を解析できる程度には大きいものだ。エネルギーをむだにはしない。探索のあいだ、重要ポイントをいくらか発見した。……エネルギー分配機、シュヴァルツシルト原理で機能する反応炉、ハイパートロン注入システム、五次元フィールドでできた調整メカニズム、船の自律的生命維持・制御システムに関する情報の入った記憶バンク、さらになによりもハイパー次元ケーブルの発生装置だ。かれは、そこを無防備に攻撃したり、乱暴な妨害行動に出たりするほど軽率ではなかった。

エラートは慎重に進んだ。

ここではちいさな変更をくわえ、そこではいくつかのデータを消去して、わずかな誤差のある複製データと置き換える……というように、無数の機械の作業プログラムにひかえめに手を入れていった。

これらの細工は、それだけではなんの意味もない。船に損害をあたえたり、動きを阻止したりするものではなく、しばらくすれば発見されて除去されるものだ。しかし、そんな細工も数が多くなれば、たがいに影響しあう。システムのちいさいミスが変化を遂げ、間違いに間違いが重なって倍増していく。

遅かれ早かれ、その結果はカオスだ。

満足してエルンスト・エラートは、分散した自身のヴィールスを呼びもどした。できることは行動にうつした。いまは待たなくてはならない。フォーム・エネルギーの牢獄にふたたび入って待つのだ。

まだ《シゼル》も、ブルやコスモクラートたちも捕らえられている。さらに、ブルー族のシひょっとすると、かれらを解放する機会があるかもしれない。さらに、ブルー族のシ＝イトをつつむあの不可解な実在のオーラもある。

エラートはフォーム・エネルギーの牢獄に飛んでいった。だれにも見られていない。

個々のヴィールスはきわめてちいさく、顕微鏡でも見えないほどだ。それらはかつてヴィールス・インペリウムの一部だった。内部の制御装置があったら、この侵入者を拒否しただろう。

エラートが黄色いフォーム・エネルギーでできた泡に到達し、その前で周囲を見張っていると、作業の最初の結果があらわれた。

10

「ハイパー次元ケーブルが動きをとめました」技術エレメントが満足そうにいった。「n次元周波がセクスタディム・マグネットと同調し、エネルギー転送がはじまります」

カッツェンカットはそれを聞いていなかった。

また、炎の標識灯をうつすホログラム・フィールドも無視していた。炎はすでにヴリジン星系にかなり接近し、もっとも外側の惑星の周回軌道からわずか数百万キロメートルの位置に入っている。速度はもはや光速の一パーセントにも達していない。

《マシン十二》があるのは、周回軌道上からさらにはなれた、恒星間にひろがる空虚空間だ。そのため、炎はセクスタディム・マグネットとの直接接続のじゃまにはならない。輝く光でできた比較的ちいさいチューブが、船とマグネットのあいだに伸びている……それはハイパー次元ケーブルの可視部分で、そこからマグネットにエネルギーが注入されるのだ。

しかし、そのすべてがいま、カッツェンカットには意味を持たなかった。

べつのホログラムのなかの出来ごとに引きつけられ、それを追っていたのだ。カルルジョン。ダイヤモンド砂漠。ブルー族の部隊、グライダーに装甲飛行物体。赤褐色の空には恒星ヴリジンのオレンジ色の円盤。砂漠にはなにもない。いまはまだ。

次の瞬間、指揮エレメントは興奮した。

カッツェンカットはすでに三回、この記録を見ていた……三次元映像によるコンピュータ・シミュレーションも確認している。なにかが起きるかはわかっていたが、それでも引きつけられるのだ。

《シゼル》が輝く砂漠のすぐ上で物質化し、パイプの中央部のプラットフォームがクローズアップされる。まちがいなく、そこには四名の姿がある。タウレク、ヴィシュナ、レジナルド・ブル……さらに、青い肌のヒューマノイド型生物だ。

シ゠イトは……つまり、その戦争エレメントは……エラートはテラナーだといっていたが、それはありえないだろう。この生物の肌は青いだけではなく、内側から光をはなっている。しかも、皮膚組織でできてはいない。

ニヴェレーターの渦フィールドが《シゼル》に向かってはしり、それをつつみこんだ。両コスモクラートとブルはすぐに行動して、《シゼル》から飛びだす。ブルは赤い防護服の飛翔装置を作動させ、背景に消えた。コスモクラートはふた手に分かれ、ふつうの生物には到達できない速度で、砂漠の安全に見える場所に突進する。すぐに、その輪郭がさだかでなくなった。

同時になにか驚くべきことがプラットフォーム上で起こっていた。

青く光る生物が爆発したのだ。体が分散し、靄のようなものが漂って見えなくなったのだ。

「ここまでだ」夢見者はいった。

ホロ・プロジェクションが消えた。

「ある生物が関係しているようです」1＝1＝クアソグはいった。「無数のちいさい成分で構成された、無機物の生命形態です。おそらく集合知性体でしょう。構成要素が組みあわせられたときだけ、ある程度の意識を持つのかもしれません」

「そうかもしれない」カッツェンカットは考えこんで、呼吸頸をさすった。「だが、確信をもってそれを前提とすることはできない。確実なのは、エラートとやらが《マシン十二》の内部にいることだ。自由な状態で。かれは敵だ。そして、これまで発見されていない」

1＝1＝クアソグのしずく形の姿が中心を軸にしてなかば回転した。

「わたしには理解不能です。船内保安システムがとっくにかれを発見していなくてはならないのに。あるいは、死んでしまったのでしょうか？」

「それをようやく信じられるのは、死体を見てからだ」夢見者はきびしくいった。「かれを探し、発見するのが必須だ。いまの段階で、このような印象深い能力を使いこなす敵が、《マシン十二》内を自由に動きまわるのを許すわけにはいかない」

「かれを排除するよう手配します」船長はいった。

カッツェンカットはすこしのあいだ、エラートという名前の異人を自分の支配下に引きこむという考えをもてあそんだ。場合によっては、十戒のために役だつとわかるかもしれない。エラートとその種族は……同族がほかにもいるとしてだが……エレメントとなる可能性を持つ。〝浸透エレメント〟か。予備を持っているのは、いつでも有益だ。

しかし、その考えは捨てた。敵を生け捕りにするよりも、殺してしまうほうがかんたんだし、いまは炎の標識灯を無害化するのが優先だ。

かれは、炎の三次元映像を再現するホログラム・フィールドのほうを向いた。

その巨大さにいまも感嘆してしまう。これに比すれば、ヴリジンは矮星《わいせい》だ。炎には、星系の半分以上を占める大きさがある。

突然、青い炎のなかにむらさき色がまじったように見えた。むらさきの点が強くなり、構造がはっきりし、星々のひろがる暗闇に最初の閃光がはしった。

同時にハイパー次元ケーブルが太くなり、輝くホースのようにセクスタディム・マグネットまで伸びた。

「プロセスが進行します」技術エレメントの一体が報告した。

司令室には一ダース以上のカテゴリー二と三がいる。一見、なにもすることなく銀色に輝く正四面体の周囲に群がっているようだが、なにもしないように見えるのは表面だけにすぎない。船載脳と通信接続しながら、炎の標識灯に関係するセクスタディム機器を操作しているのだ。

カッツェンカットは、特殊スーツの腰にマグネットでくっついている中和装置にぼんやり手をやった。

この瞬間、はげしい爆発で船が揺らいだ。

明るい炎が司令室の暗青色のフォーム・エネルギー泡を照らしだす。微光のなか、正四面体の操作ブロックの一部から火がのび、騒音のようなサイレンがうなりをあげた。

また爆発が起きた。

今回はさっきよりも軽かったが、その作用はより激烈だった。司令室をつつむフォーム・エネルギー泡に亀裂がはしる。

「エネルギー供給装置が攻撃されました！」1＝1＝クアソグは大声でいった。

突然、暗くなった。ホログラムが明滅する。べつのホログラム・フィールドがあらわれ、カッツェンカットには理解できない混沌とした多様な色のシンボルをうつしだした。

まだ警報がうなりつづけている。

「ハイパー次元制御装置に誤作動！」

「第九反応炉と第十一反応炉、制御不能」べつの声がいった。

「切断！　切断しろ！」

三度めの爆発。カッツェンカットのプラットフォーム・シートが跳びあがった。煙がフォーム・エネルギー泡の亀裂からもれでている。蒸気のなかから影があらわれた。カテゴリー九のモデルだ。その鋼ガラスの肌が焦《こ》げたシュプールにおおわれている。よろめいて、回転した。背中にぎざぎざの穴があいて……グラスファイバーが光る藁《わら》のように飛びだしている。溶けかけた部品と半有機性の接触部が、収拾不能なまでにからまりあっている。

このモデルが倒れてフォーム・エネルギー製の泡に衝突した。熱い火花が飛んで、カッツェンカットのプラットフォームまでも震動させた。

カッツェンカットの防護服のヘルメットが自動的に閉まり、その姿の周囲に青白いエネルギー・フィールドが密着する。襟からフォーム・エネルギー製のマイクロフォンが伸びた。

「なにがあった？」かれは鋭くたずねた。

1＝1＝クアソグの答えはかれの不安を裏づけた。

「《マシン十二》のあちこちで誤作動が起きてます。爆発や故障も。破壊工作です！」

船長は一瞬、黙った。船載脳があらたな情報を伝えてきたのだ。「……ハイパー次元ケーブルが！　見てください！」

こんな要請は不要だった。カッツェンカットの色素センサーが、外の宇宙空間でくりひろげられる信じがたい出来ごとを追っている。

むらさき色の炎の標識灯の閃光の嵐が、はげしさを増した。すでに次空構造があちこちでゆるみ、べつの連続体への決壊が生じている。しかし、むらさき色の閃光と、亀裂からほとばしる強烈な白い光のなかでも、ハイパー次元ケーブルが消えることはなかった。長さ数百万キロメートルのフィラメントのように光り、脈動している。その脈動がセクスタディム・マグネットの円盤にも伝わる。

大きな衝撃を受けて、《マシン十二》は震動した。また司令室が一時的に暗くなり、ホロ・プロジェクションが消えた。アラームが、警告！　警告！　と、がなりたてる。

「ケーブルを切断しなくては！」1＝1＝クアソグはいった。「すべてが制御不能になります。ケーブルを切断しましょう。まだ可能なうちに……」

「だめだ！」カッツェンカットが大声でいった。

炎の標識灯も脈動しはじめた。セクスタディム・マグネットがそのリズムに同調する。球状に見えるエネルギーが宇宙空間で踊り、炎とマグネットのあいだをあちこち流れ、その速度がどんどん増して、臍帯のようなものにまでなった。

「このままつづけよう」夢見者はあわただしくいった。「見ろ！　機能しているぞ！　マグネットが同調して、炎はみずからの軌道に入る」

「船が引き裂かれます」1＝1＝クアソグは絶望的になって訴えた。「《マシン十二》が……」

また爆発が起きて、それがさらにつづいた。

「切断が必要です！」船長が叫ぶ。

「だめだ」と、カッツェンカット。「いまはあきらめない。指示する。続行だ」かれはするりとプラットフォーム・シートをはなれ、引き裂かれたフォーム・エネルギー壁に向かって降下した。

「あきらめない。いまはだめだ」

自身の声が空虚に響き、音声を感知する頭皮の色素センサーのなかでひずむ。船がまさに危険のなかを進んでいると感じたが、目的地のすぐ手前まできて断念するつもりはなかった。《マシン十二》の破滅という代償をはらうことになっても……炎の標識灯をとめなくてはならないのだ。

「切断しなければ」1＝1＝クアソグがうしろから呼びかける。「船の破滅です！」

「わたしの指示にしたがうのだ」カッツェンカットは答えた。「わかったか？」

「わかりました。したがいます。わたしは……」しかし、技術エレメントの声ははげしい破壊音のなかに消え、カッツェンカットはメンタルでその声を聞きとろうとはしなかった。

1＝1＝クアソグと《マシン十二》の乗員は死ぬだろう。司令室の保護された領域を出て、《マシン十二》の船体にひろがるエネルギーのカオスのなかに入ったとき、カッツェンカットは確実にそれを悟った。

プラットフォームの多くが、もとのポジションをはなれ、たがいに衝突し、墜落し、破裂して、脈動する重力ゾーンによって押しつぶされる。あちこちで炎が燃えさかっている。自動消火装置が働くが、ひとつ消えると、あらたに火花がふたつ発生する。何度もショートや上位次元エネルギーの爆発が起きて、一見安定して見えるフォーム・エネルギーの物体が崩壊する。

どこも通過不能だ。技術エレメントが興奮した虫のように飛びまわり、成功する見こみがないことにも気づかないまま、カタストロフィをおさめようと試みている。

カッツェンカットはこぶしを握った。

《マシン十二》を離脱しなくてはならない。しかし、ひとりで行くつもりはない……《シゼル》と捕虜たちは、断念するには貴重すぎる。かれらを《理性の優位》に連れていき、それから脱出しよう。

そう決断すると、速度をあげ、防護服の特殊素材と密着バリア・フィールドに守られて、炎の地獄を突破した。

まもなくフォーム・エネルギー格納庫に到達した。

11

爆発でシ＝イトは不安におちいった。黄色いフォーム・エネルギーの床が足もとで揺れ、はげしい風が吹き荒れる海面のように波立つ。

「チャンスです！」ムウルトがいった。「エラートが破壊工作に成功したにちがいない。爆発はかれの作業の成果です！　行動しなさい！」

シ＝イトは甲高い声で笑った。

行動しろだと！　ミミズはいうだけだからかんたんだが、なにをすればいいのだ？　コスモクラートとブルはまだ空間歪曲の繭に閉じこめられていて、かれらを解放する道具は、夢見者が持っている。

〈裏切りは許されない〉このとき、戦争エレメントが言葉を発した。〈戦いは忠誠をもとめている。戦いは……〉

シ＝イトは悪態をついた。

怒って肩から銀色の螯を引きはがし、床に投げつけ、小型ブラスターを抜いて撃った。

人工生物が燃えあがる。

「いまのは過ちです」ムウルトが断言した。

シ＝イトはまた悪態をついた。自暴自棄と無力さから衝動的に行動してしまったことを後悔したが、もはや修復不能だ。

そもそも、これが過ちだったらの話だが！　シ＝イトは立腹した。

ふたたび床が揺れた。フォーム・エネルギー壁に亀裂が生じて、ひろがっていき、楕円形の開口部になる。ちいさな青白い肌の生物がその隙間を抜けて飛翔してきた。

夢見者だ！

シ＝イトはさえずり、指揮エレメントに狙いをつけた。エネルギー・ビームが青白い肌の生物の胸に命中したが、その姿に密着する青白いバリア・フィールドによって、そらされた。突然、夢見者は動きをとめ、一瞬、身じろぎもしなかった。おそらく攻撃に驚いたのだろう。その後、防護服の半透明の腰の部分をいじった。目に見えないこぶしがブルー族をつかみ、高く持ちあげ、《シゼル》に向かってたたきつけた。

シ＝イトは音をたてて床にずりおち、朦朧《もうろう》として寝転がった。目の前からすべてが消える。ふたたび目が見えるようになったときには、夢見者が前に立っていた。

片手には中和装置、べつの手には銃身の短い武器に似た物体を持っている。

殺される！　シ＝イトは思った。

「そう悲観的にならずに」ムウルトがいった。シ＝イトの耳には嘲笑のように聞こえる。

急に指揮エレメントの背後に靄がわきあがった。色は青く、急速に濃くなっていき、ヒューマノイドのかたちになった……そこにエルンスト・エラートがいた。青く光り、冷静な顔をして、両手でつかみかかろうとかまえている。

ヴィールスの両手が、カッツェンカットのバリア・フィールドに触れた。エネルギー放電が起きて、乾いた轟音がつづいた。エラートがうしろによろめくあいだ、夢見者は何度ももんどりがえり、中和装置と未知の小型武器を落としてしまう。フォーム・エネルギー製の床で不安定にすべった。叫び声が口のひとつからもれる。

ふらつきながら立ちあがり、ふたたびベルトに触れた。そこでシ＝イトが銃を発射。ビームは夢見者をかすめて、フォーム・エネルギーに吸収された。同時に、エラートがカッツェンカットに襲いかかる。

夢見者の下で床が開き、かれをのみこんだ。

「くそ！」エラートが悪態をつくのが、シ＝イトに聞こえた。「逃げられた」

床がたわみ、震え、メタモルファーの足もとをすくう。恐ろしいほど近くで何度も爆発音が響いた。

「われわれ、ここをはなれなくては！」シ＝イトが大声でいった。

シ＝イトがコスモクラートとレジナルド・ブルを見やると、三名はこの震動で《シゼル》のほうに転がっていた。エラートは跳びあがり、カッツェンカットが中和装置を落とした場所に向かって走り、それをとりあげた。発射ボタンを探すあいだに、貴重な数秒が過ぎ去る。

「集中しろ」シ＝イトが騒音のなかで声をあげた。「集中して、中和装置を作動させたいと望むのだ。それで充分だ！」

メタモルファーは漏斗形の銃口をタウレクに向けた。高くうなるような音が響き、コスモクラートが動いた。勝利の声とともにエラートは、中和装置をヴィシュナとブルに向ける。

「《シゼル》へ」と、呼びかける。「説明はあとだ！　急いで！」

ブルは困惑してエラートからシ＝イトに目をやり、なにかいおうとしたが、爆発音でそんな場合ではないと悟った。よろめきながらタウレクとヴィシュナのあとを追う……すると、シ＝イトの足もとから床が消えた。かれは転び、火と強烈な光につつまれた。

煙とオゾンと炎のにおいがして、爆発の轟音で耳が聞こえなくなる。

一瞬のあいだ、自身の上でまだ脈動している黄色いフォーム・エネルギー製の泡と、救出された《シゼル》の影のような輪郭が見えた。その後、目に見えない重力フィールドによって軌道から引きはがされ、銃弾のようなスピードで、燃えあがるプラットフォームに向けて飛ばされた。

こんどこそ、本当に終わりだ。シ＝イトはあきらめて、そう考えた。死の黒い被造物に捕らえられ、暗闇の領域にくだっていくのだ……

「その悲観主義にはうんざりです」ミミズがいった。「しっかりしなさい！」

シ＝イトはヒステリックに笑った。ミミズの嘲笑の言葉にともなわれて死んでいくとは、なんと悲惨なことか。さらに悲惨なのは、ムウルトを味わうチャンスがなくなったことだ……

爆発がやんだ。

燃えさかるプラットフォームが消えた。

炎はもはや存在しない。

シ＝イトは白く平たい地に立っていた。平地は目のとどくかぎり、はるか地平線までのびていて、上に向かって弧を描いているように見えた。しかし、それも錯覚かもしれない。さらに、まだなにか変化がある。かれは胸ポケットをつかんだ。

缶が！

保存容器がなくなっている！

ミミズが……消えた……

「陰険な青い被造物にかけて！」シ＝イトはさえずった。

頭上を見あげて、かれは愕然として動けなくなった。

というのも、そこには空も恒星もなかった。ただ、目眩を引き起こしそうなほど高いところに、恐ろしいほど白い平面があり、数千の偽足を持った巨大な白いミミズが一匹いるだけだ。かれのムウルトを引きのばしたような姿の巨大ミミズは、この偽足に、無数のナイフとフォークを持っている。

舌を鳴らす音が聞こえた。嵐のように響いてくる。

「ああ!」巨大ミミズはいった。「なんとすばらしいのだ! ようやく、全宇宙で考えられるなかでもっとも美味なものにありつける……生のブルー族に!」

巨大なナイフとフォークがおりてきた。シ＝イトは叫ぼうとしたが、声にならない。戦闘艦のように大きなナイフの刃と、管制塔のようなフォークの切っ先を、麻痺したように見つめる。わたしは理性を失ってしまったのだ、と、シ＝イトは考えた。

そのあと、かれは失神した。

しかし、意識が完全に薄れる前に、なにかが聞こえた。笑い声だ。耳をつんざく嵐のような哄笑《こうしょう》が、明るさを爆発させたように押しよせてくる。宇宙の最後の星が消えたとしても、なかなか終わりそうにない笑い声だ。

シ＝イトは理解した。

息をついたとき、緊張がほぐれた。そして、意識を失う。あらゆる不安も、安堵も、理解も消え去った。

12

安全な距離をたもって、かれらはこの出来ごとを追っていた。

炎の標識灯が脈動している。膨張と収縮をくりかえし、むらさき色の閃光を宇宙の暗闇に送る。それによって宇宙自体が引き裂かれ、血を流しはじめた。

しかし、その血は白く、n次元エネルギーからなりたっている。血のしずくは分配され、流れひろがり、不可視の力によって糸がつくりあげられ、その糸がヴリジン星系の周囲に中空の球のように伸びる。

エルンスト・エラートは無言でほかの者と同じように黙って見つめていた。かれはカッツェンカットのバリア・フィールドに接触してショック状態になり、不規則な感覚で目眩に襲われていた。《シゼル》のプラットフォームにすわり、カタストロフィがひろがっていくのを眺める。

臍帯すなわち、星系にあるセクスタディム・マグネットと《マシン十二》をつなぐハイパー次元チャンネルが、はげしく脈打っている。しかし、この脈動はリズムを失い、炎の標識灯の収縮と同調できなくなっていた。マグネット自体も奇妙な透明になっている。技術エレメントの宇宙船の周囲に閃光がはしる。駆動リングはとっくに消えて、《マシン十二》は酔っぱらった巨人のように宇宙空間をよろめいていた。

すぐにグリーンの円錐形物体が《マシン十二》から離脱した。

「《理性の優位》だ！」エラートが声をあげる。

「逃げたな」ブルが冷静にいって、操縦ピラミッドの前にある自席にふたたびついたタウレクを眺めた。「とめる方法はあるか？」

コスモクラートはかぶりを振った。

「危険すぎる。セクスタディム・マグネットの操作は、予測不可能の結果をともなう恐れがある。《シゼル》を危険にさらして、このような地獄のなかを操縦したくはない」

一瞬ののち、《理性の優位》が消えた。

「探知は？」ヴィシュナがたずねる。

「ネガティヴ」と、タウレク。「バリアを展開した。かれは……夢見者は賢い」

エラートは《マシン十二》で集めた情報を仲間に伝えた。夢見者カッツェンカットは指揮エレメントで、《マシン十二》は技術エレメントの船だと。

これで十戒のうち、四つが明らかになった。あと六つ。それらがどんな敵なのかと考えて、エラートはぞっとした。かれは十戒の力を知り、それを恐れるようになったのだ。

冷気エレメント、戦争エレメント、技術エレメント……そして、それらすべての上位に指揮エレメントがいる。

さらにちいさい複数の物体が船体からはなれた。搭載艇だろう。その一部は脱出に成功したが、ほぼ三分の一が、ハイパー次元ケーブルから発する特殊な光の現象を受けて爆発した。

エラートはシ＝イトのことを考え、唇を引き結んだ。一時的に不安定になったフォーム・エネルギー泡が、ブルー族を《マシン十二》の底に墜落させたのだ。かれは死んだのだろうか？　あるいはまだ生きていて……この地獄のなかで命をかけて戦っているのか？　タウレクは逃げだす前に、プシオン性の放電を計測したといっていた。これはエラートの発見物の特徴と合致している……ブルー族をつつむオーラだ。

説明のつかない力によって助かったのかもしれない……どんな力だったのかは、星々だけしか知らないとしても。

「見ろ！」ブルが声をあげた。

ハイパー次元ケーブルが収縮していた。《マシン十二》とセクスタディム・マグネットが接近している。一方、炎の標識灯はさらにヴリジン星系の周囲に繭をひろげていた……冷淡に、力強く、無敵の状態で。その後、マグネットと船が衝突。

恒星がひとつ、生まれた。

新星だ。スペクトルのあらゆる色に輝き、膨張し、急速に成形が進み……ホースが一本つくられる。純粋エネルギーのホースで、長さ数千キロメートル。だが、まもなく縮み、急に動いたと思うと、青い炎と溶けあった。

乾いたスポンジが水を吸うように、炎の標識灯は解放されたエネルギーを吸収した。

エラートは注意をまたヴリジン星系に向けた。オレンジがかった黄色の恒星は、ほとんど見えなくなっている。白く輝く繭にわずかな隙間が口を開けているだけだ。隙間が閉じて……繭の色が薄くなり……星系が消えた。

保管されたのだ。

カルル人はどうなった？　エラートはぼんやり考えた。この保管は……ほかのものと同じ現象なのだろうか。あるいは、十戒の細工が成功をおさめたのか？　無限アルマダが銀河系の飛行を終えるまで、宇宙嚢が閉じたらカルル人は牢獄に閉じこめられてしまうのか？　さらに、かれらの戦争エレメントは……

その後、炎の標識灯が進む暗闇のなかに、青白いリングがひとつ見つかった。

「次元通廊の開口部だ」タウレクは満足そうにいった。

かれは《シゼル》にメンタル指示をあたえたようだった。というのは、船の先端からメンタル炎がはなたれたからだ。目では追えないほどの高速で、プシオン・ゾンデは青い炎のなかに消えた。

すぐに最初のデータがそこからとどいた。

エラートは安堵した。不安は杞憂《きゆう》だった。ヴリジン星系は数分前にまだ星系で猛《たけ》り狂っていたn次元の力によって巻き添えにはならなかった。カルル人は解放された……ガタス艦隊のブルー族も同様だ。保管作業が成功し、《マシン十二》が破壊されたすぐあと、戦争エレメントは塵と化した。

エレメントの十戒は、ひとつ敗北を喫したのだ。

「おそらく、これははじまりにすぎない」レジナルド・ブルはうなるようにいって、思いを吐きだした。「われわれの敵は、炎の標識灯が目的地に到達するのを全力で阻止したいようだ。次の目的地はフェルト星系だな？」

その問いかけはタウレクに向けられている。コスモクラートは慎重にうなずいた。

「そう、フェルト星系だ。クロノフォシル・イーストサイドの中枢だから」

「そのクロノフォシルというのがなんであろうと」ブルは話をつづけ、コスモクラートにつかみどころのない視線を向けた。「いまはどうでもいい。ひとつだけ正確にわかっている。わたしがカッツェンカットの立場だったら、フェルト星系を次の攻撃目標にするだろう」

「筋が通っている」と、タウレク。「今後はわれわれ、炎そのものに対する攻撃についても考えなくてはいけなくなるだろうが、現時点の銀河系でもっとも危険な宙域はフェルト星系だ」

ブルは目を光らせて辛辣《しんらつ》に答えた。

「いいだろう。では、わたしが《シゼル》のハイパーカム装置を使っても、文句はないな。そろそろ、その……クロノフォシルを守るために、われわれが行動するときだ。コズミック・バザールのリューベック、ロストック、ノヴゴロドを惑星ガタスに招集し、GAVÖKと連絡をとる」

「了解した」と、タウレク。「だが、いずれにしても、われわれはフェルト星系に飛ぶ。いま充分わかったが、炎は旅をつづけ、はたすべき機能をはたすだろう。これ以上の追跡は不要だ」

「では、ガタスへ向かおう！」レジナルド・ブルはいった。

エルンスト・エラートは宇宙空間に目をやった。炎の標識灯がゆっくり飛行をはじめ、次元通廊のリングを通過する。炎はその後、エネルギーでできた物体が許されるかぎりの加速をし、数分後、リニア空間に入った。

ガタスに向かうと思うと、エラートはまたぞっとした。六つのエレメントについて考える。その正体はわからない……いまはまだ。だが、すぐにこの状況も変わるだろう、と、かれは確信していた。

13

さて、かれは夢をみていた……

肉体はない。宇宙の谷底、星々と銀河のあいだに口を開けた深淵の上で漂い、光のにおいをかぎ、冷気を味わい、悪意ある未知の虚空を感じていた。

かれの夢は陰鬱で、懸念に満ちていた。夢をみたくなかったからだ。

《理性の優位》はとうに敗北の場所を脱出した。そのなかで、かれのからだはフォーム・エネルギーでできたくぼみに横たわり、精神は宇宙に抜けだしている。はるかな彼方の年老いた銀河へ、夢見者でさえも恐れおののく者がいるところへと。

かれは夢をみたくなかったが、夢をみせられていた。

だれかが自分を呼びもとめている。《理性の優位》と目的地のあいだには想像を絶するほどの距離があるにもかかわらず、深淵をこえて向かってくる怒りを感じる。

怒りは当然のものだった。

かれは失敗したのだから。

コスモクラートたちは逃げおおせ、炎は迷うことなくおのれの道を進んでいる。だから、かれはこうして夢をみながら宇宙空間を漂い、時空の境界のかなたを進んでいた。数百万光年という距離が、自身の意志によって踏みだせるわずか数歩に縮む。すぐに星団と銀河の数が減り、暗闇が力を増した。遠くでささやき声が聞こえる。自分と同じようにからだのない生物が発する声の響きに、かれはぞっとした。相手の純粋な存在が、その被造物に特有の恐怖を感じさせる。

しかし、かれは夢をみていた。夢のなかでは無敵だ。

ささやき声がちいさくなり、しずかになって、べつの現象が生じた。かれは、凝縮した光の帆が時の風のなかでふくらむのを見つめる。その船は冷静な探るような目をかれに向けている。あえて光の船に接近はしなかった。かつて遭遇したさいに、その操縦士たちが、からだのない夢みる意識でさえも追いはらう道具を使うのを知ったからだ。

数百万パーセクのあらゆる方向にひろがり、たったひとつの原子さえ入りこめない空虚空間に花が育つのを、かれは見つめた。幻覚にすぎない花をよける。毒と死をかくし持っているだろう幻覚を。

夢をみながら、階段を通過した。この空間の下領域へと招くような階段だが、招待に応じることは重要ではない。階段をたどって深淵に歩み入ったりすれば、かれは拒否されるだろう。

かれは夢をみていた。幻影が生まれては消えていき、星々も銀河も、光も錯覚もなくなった。

不安につつまれて、宇宙の深淵への落下を終え、その底に受けとめられた。そこには狂気とカオスと不確実さがある。

かれがいるところは〝ネガスフィア〟だ。

ネガスフィアは自然法則に縛られることのない場所で、安定も安全も、因果関係も、論理もない。時間は逃げだし、空間も驚いて引きさがる。のこっているのは頽廃《たいはい》だけだ。

カッツェンカットは見るのをやめた。どこを見ても、そこには理解できるものも、理解したいものもなかったからだ。見たことのない光景に理性を奪われてしまい、すぐに〝かれ〟がきて自分を処刑してほしいと、夢見者は絶望して考えた。

〝かれ〟とは……エレメントの支配者である。

エレメントの支配者がやってきた。恐怖につつまれ悪意の仮面をつけたその顔は、カッツェンカットの顔で、その声はカッツェンカットの声だ。それでもどこかが違っている。

生物でも、ものでも、形態でもない。

そのような概念はネガスフィアでは意味を持たなかった。ここは無意味と混沌に支配されているのだ。

混沌に。

「おまえは過ちをおかした」エレメントの支配者がいった。言葉のひとつひとつが死刑宣告であり、それぞれの音は拷問で、沈黙は脅迫だった。「おまえは失敗した。思いあがるな、カッツェンカット、おろかで不遜な者。これまで敗北をまぬがれてきたため、これからも勝利をおさめていけると空想をいだいたのだな。おまえは失敗したのだ」

「殺さないでください！」カッツェンカットは大声をあげた。

「わたしはおまえに永遠の命をやった」と、エレメントの支配者。「その代償として、おまえはわたしに仕えている。おまえは、この負債を償還するまで、わたしに仕えるのだ。あらたに過ちをおかしたら、死はおまえにとって罰ではなくなるぞ、カッツェンカット。そのとき死は、おまえには過ぎた贈り物のような恩寵《おんちょう》に思えるだろう……」

「わたしはどうすればいいでしょう？」夢見者は冷たい不安に捕らえられ、訊いた。

「勝利するのだ。炎が目的地に達して目標をなしとげるのを阻止するのだ。敵の計画が成功するのを防ぎ、クロノフォシルを破壊して使い物にならないようにし、掌中におさめるのだ」エレメントの支配者は、すこし黙ったが、この沈黙は言葉にできるどんな脅迫よりも恐ろしいものだった。「十戒をすべて活性化しなくてはならない。この戦いに勝つために、全エレメントの力を使うのだ、おろか者よ」

「わかっています」カッツェンカットは答えた。

「おまえはなにもわかっていない」

沈黙が舞いおりる。静けさのなか、カッツェンカットは夢をみた。その後、深淵から上昇し、ネガスフィアから、恐怖から、混沌から抜けだした。

意識のない空虚な場所から充分はなれると、かれは大声で呼びかけた。

「仮面エレメント……聞くのだ！

超越エレメント……夢見者がもとめる！

時間エレメント……きてくれ！

空間エレメント……おまえたちの働きが必要だ！

精神エレメント……応答しろ！」

その後、かれは黙った。最後に夢見者は、宇宙に向かってささやいた。

「暗黒エレメント……準備をして待機せよ……」

エレメントの十戒

エルンスト・ヴルチェク

1

かれはゼロ夢を意のままにしていた。

夢見者なのだ！

だが、夢想しているのではない。かれは現実主義者だ。現実のただなかで夢をみながら、現実をコントロールしている。

かれは混沌の勢力に属する〝エレメントの十戒〟において、指導的なエレメントだ。操縦者の役目をになう者の十五番めにあたり、テラの時間単位ですでに四千年、この地位にある。

不死者だが、それは契約上のことだった。

自身の出自については、はるかな宇宙のどこかに存在するサーレンゴルト人という種族に属していることしか知らない。それ以上いうべきことはない。この点に関するほかのすべてのことはべつの生に属していて、かれは一度もそれを夢にみたことがない。なぜなら、かれの夢見能力は過去に向けられるのではなく、未来をさししめすからだ。

貧弱なからだつきに、きわめて青白い肌、短い二本の脚。柔軟な腕は、先端の八本指が地面に触れるほど長い。平たい煉瓦のような頭は無毛で、その下には摂食用と呼吸用のロープのような頸が二本伸びている。口もふたつあり、片方が摂食用、もう片方が音声による意思疎通のためのものだ。その上にあるべつの感覚器官は斑点になっていて、ここで刺激を感じとる。しかし、かれがサーレンゴルト人であることをいまも思わせるのは、外見だけだった。

かれは良心を持たない。かつての生とともに捨てたのだ。自意識のごくちいさい部分も精神の奥深くに抑圧されていた。ときどき哲学的思想にふけるような時間があって、自己憐憫《れんびん》や後悔の念にひたりたくなったときには貯蔵庫からそれをとりだすが、かれにとってはただの思考遊戯だった。実際は、良心の呵責《かしやく》など感じない〝分裂道徳主義者〟の典型だからだ。

そのためかれは、エレメントの支配者にとって、この地位につく理想的な要員だった。カッツェンカット、指揮エレメントである。

＊

ゼロ夢見者はエレメントの十戒を呼んだ……その結果、全員が招集に応じた。技術エレメントが設置した転送機を使ったり、宇宙船でやってきたり、あるいは独自の特別な方法で到着したりした。

集合場所は、数十億の小惑星が離心円の軌道に集まるこの銀河の東端にある、一パルサーだ。星図カタログではこの宙域は〝棺桶星系〟と呼ばれ、禁断ゾーンとされていた。このパルサーは、マイナス段階では直径二十万キロメートルの目立たない白っぽい星だが、短い周期で大きさが十倍に膨張し、そのさい、極端に高い五次元放射を放出する。それだけでなく、数十億の小惑星すべてがとてつもない質量を持つばかりか、信じがたいほど高密度なのだ。頭ほどの大きさで、まともな衛星の質量を持っているものもめずらしくない。

宇宙航行種族たちがこの宙域を避けてくれることだけで、ゼロ夢見者にとっては都合がよかった。それによって理想的な拠点を築けるからだ。ここでなら、じゃまされることなく力を集結させ、秩序の勢力に対する次の戦いの準備をすることができる。

それに、棺桶星系は前回の出動場所から充分にはなれていて、準備するのにも好都合だった。戦争エレメントがしたたかな敗北を喫することになったヴリジン星系から、一万八千光年以上の距離がある。

カッツェンカットはこの敗北について思いだしたくなかった。戦争エレメントがうまく機能しなかったという理由だけでなく、なによりもかれ個人にとって愉快ではない結論に結びつくからだ。

かれは困難な道のりをたどってネガスフィアに入り、エレメントの支配者と問答することになった。その結果からはすでに立ちなおっていたが、この体験について思いかえすのは好ましいものではなかった。

ネガスフィアは、混沌の勢力が支配する場所だ。そこではすべてが不安定で非合理的で、法則性も因果関係もない。矛盾しない展開などまったくなく……しかし、それでもすべてが動いていて、理解をこえた奇抜な方法で関連しあっている。ネガスフィアは不気味な領域で、カッツェンカットがくつろげるような場所ではなかった。

この場所と同じように相手を驚かせ、恐怖をいだかせるのが、エレメントの支配者だ。カッツェンカットは全力をかけて絶対服従しているにもかかわらず、自身の主人やその上の勢力に接近する方法をまったく見つけられていない。

主人の協力によって混沌の勢力が秩序の勢力に勝利したなら、宇宙全体がネガスフィアになる。カッツェンカットは何度も考えた。理解をこえた驚くべき世界で生きることを、そもそも自分は望んでいるのかと。なんといっても、かれはこの宇宙の子なのだ。

なぜ、この宇宙の破壊に加勢するのか？

答えはかんたんだ。エレメントの支配者から力と永遠の命を得たからである。かれは指揮エレメントにのぼりつめ、不死を獲得したのだ。混沌の勢力が勝利して、この宇宙がネガスフィアになったら、自分も主人たちと同じような地位につき、賞讃されるかもしれない。それを望んでいた。

この高い目標を前にすると、あらゆる懸念をしりぞけるのはたやすかった。

しかし、まずは決定的な勝利を一部でもおさめることが重要だ。エレメントの支配者からはすべての十戒を駆りたてて戦いに投入せよと指示を受けており、カッツェンカットはこの命令にすぐにしたがった。

ゼロ夢のなかで、かれはエレメントたちに進攻命令をくだし、エレメントたちはしだいに集結していた。

棺桶星系は強大な軍隊の行進宙域となった。それは、この銀河系をかつて襲ったなかでもっとも信じがたいような戦闘軍である。多様な生物や奇妙な存在形態の集まりだ。

カッツェンカットはこのなりゆきを《理性の優位》から観察し、調整した。

＊

カッツェンカットはパルサーのすぐそばに自身の船を係留させた。いずれにしてもそのポジションは、百パーセントの対探知をそなえられるほど近く、プラス段階でも《理性の優位》が棺桶星系からの五次元放射の影響を受けずにいられるくらいはなれている。

危険は冒さない。かれは指揮エレメントとして、エレメントの十戒でもっとも重要な構成要素であり、自己防衛は絶対原則だった。ほかのエレメントは代替可能だ。数が多いか、あるいはいつでもつくりだせる。だが、カッツェンカットは唯一無二の存在だった。

かれとほぼ同時に、技術エレメントが巨大船六隻を引き連れて棺桶星系に集結した。《マシン》の名を持つ全長百キロメートルの船が、質量密度の高い小惑星の周回軌道の外側を縦横に飛んでいる。

カッツェンカットは《マシン十一》を連絡船に選んだ。船長は1＝1＝シェルグだ。このアニン・アンは、カテゴリー一のすべてのシェルグ型サイボーグと同じ、とがった円錐形のボディを持つ。そのかたちから、カッツェンカットは自身の船《理性の優位》を想起した。1＝1＝シェルグはカッツェンカットよりも頭ひとつぶん背が低い。目に見えるような道具は保持しておらず、反重力フィールドで浮遊移動する。

《マシン十一》の船長が映像通信で、転送機接続が確立されたと連絡してきたとき、カッツェンカットはゼロ夢のなかで姿をあらわした。かれは非常に慎重なので、自船を肉体的にはなれるようなことはしない。また、その必要もなかった。

「すぐに準備は終わります」1＝1＝シェルグは、カッツェンカットの存在を感じると報告した。「時間エレメント、クロニマルとの接続が築かれました。最初の群れがいまにも到着するでしょう」

カッツェンカットはそれ以上、立ち入らなかった。かれの目には、クロニマルは動物にしか見えなかったが、時間平面を操作できるという並はずれた能力があるために、十戒にとって重要な存在だ。五千体ほどの群れで行動すれば、大きな成果をあげることができる。

しかし、クロニマルには必要な知性が欠けているので、つねに指導が必要だった。転送フィールドが明滅しはじめ、受け入れプラットフォームに、トカゲに似た生物数千体の鱗《うろこ》におおわれたからだが大きな塊りとなって実体化した。到着したとたん、クロニマルは四散しようとしたが、アニン・アンたちがすばやく行動したおかげで、かれらがなじみのない船の区域に入りこむのはまぬがれた。

暗示インパルスにつつまれたクロニマルは、ふたたびまとまり、予定されていた集合場所で動きをとめた。

1＝1＝シェルグよりもいくらか大きく不格好なカテゴリー三のアニン・アンが一体あらわれ、時間エレメントの最初の集団を準備された宿舎に連れていった。すばやく引率しないといけない。すでにクロニマルの第二集団がやってきていて、その次もつづいてあらわれそうだからだ。

「待て！」ゼロ夢をみているカッツェンカットはテレパシーでそう伝え、一クロニマルを選びだした。鱗におおわれた太ったからだが、カッツェンカットの思考インパルスを受けて震え、トカゲ頭ががくがく動く。

「なぜネガスフィアの辺境でこのようなものが生まれたのか」カッツェンカットは軽蔑するようにテレパシーでいい、うろたえている身長が足のひとつ半しかないような動物を仔細《しさい》に観察し、命じた。「過去のわたし自身の映像を送れ。指揮エレメントになるより前、かつて自分がどんな姿をしていたか、見てみたい」

クロニマルははげしく震えはじめた。それを助けたいかのように、群れの仲間が喉の奥から出るような音を発する。しかし、カッツェンカットは群れの全員をバリアでおおった。

「はるかな過去へもどるのだ」カッツェンカットは暗示をかけた。「昔の自分を知りたい……良心を持った弱々しいサーレンゴルト人がどんなものだったか」

しかし、クロニマルには亡霊の映像を送ることはできない。カッツェンカットは悪態をつきながら相手を解放した。クロニマルは八本脚で仲間のところに走っていき、すぐにそのなかに守られるようにかくれた。

「さっさと行け!」カッツェンカットは命じた。カテゴリー三のアニン・アンが時間エレメントの第一団を運びだし、その後の集団も急いでつづいていく。

「時間エレメントのための宿舎は準備してあります」1=1=シェルグが報告した。

「いつでも招集できて出動させられます。出動はいつになるでしょうか？」

「早いほどいい」カッツェンカットは答えた。かれは技術エレメントのそばにいるときは、ほかのエレメントに対するときよりも話し好きになる。アニン・アンは天才だ。たとえ、技術的領域においてだけだとしても。

「全エレメントですか？」1＝1＝シェルグはたずねたが、そこにはどこか当てこすりのような響きがあった。

しかし、カッツェンカットは立腹することなく答えた。

「もちろん冷気エレメントは銀河外の空虚空間にとどまる。そこからさらに拡張していくのだ」

「では、暗黒エレメントは？」

この質問は挑発に聞こえたが、1＝1＝シェルグは純粋に科学的な関心から訊いたのだろう。カッツェンカットは返事をするかわりにこうたずねた。

「戦争エレメントはどうなっている？」

「製造中です」《マシン十一》の船長は答えた。「戦争エレメントのあらたな世代がちょうど集結するでしょう。こんどのシリーズは、タウレクの防御兵器に耐性があります。どこに投入しますか？」

コスモクラートの名前が発せられると、カッツェンカットに怒りがわいた。タウレクは女コスモクラートのヴィシュナやテラナーのペリー・ローダンとならび、憎き敵三名のひとりだ。エレメントの支配者は、この敵の映像を鮮明に見せてくれていた。

「われわれの第一攻撃における次の目標は、フェルト星系だ。ブルー族の中心惑星ガタスがある」と、カッツェンカット。「ガタスは第一クロノフォシルだ。炎の標識灯がそこに達するのを阻止しなくてはならない」

「銀河系種族はフェルト星系の意味を認識していると思われます」1＝1＝シェルグがいう。「というのも、かれらは宇宙艦隊を複数、そこに派遣しました。クロノフォシルをあらゆる手段で守るとかたく決意したようです」

「それはわたしも気づいていた」カッツェンカットはいった。宇宙艦隊の進出が理由で、そこから千光年はなれた棺桶星系にエレメントの集結場所をうつしたことは黙っていたが。ここなら発見される危険はないほど充分はなれていて、すばやく攻撃できるだけの近さはたもっている。カッツェンカットはこうつけくわえた。「十戒の集結した力に対して、銀河系種族にチャンスは皆無《かいむ》だ。いまはただ、戦争エレメントの第一陣の数が集まるのを待つばかり」

「まもなく到着します。ほかのエレメントたちはすでに待機しています」

転送機がふたたび作動した。カッツェンカットは、どれだけのクロニマルの群れが到着するのか考慮しなかったが、決定的な瞬間に過去の恐怖を呼びさますのに充分な数がそろっているようだ。

カッツェンカットは監視をつづけたが、それ以上クロニマルについて考えることはしない。かれらはネガスフィアの辺境の生物だ。その理由だけで、友好を深める気にはなれなかった。

宇宙全体がネガスフィアになったらどうする、カッツェンカット？　そう自問して、即座に自答する。そうなったら、わたしもその一部になるだろう。

＊

技術エレメントの巨大船のわきに、小型のさまざまな船がいりまじった艦隊があった。どの船もそれぞれ異なり、ひとつとして同じものがない。マーゲナン、すなわち仮面エレメントの前線部隊だ。

カッツェンカットはさしあたりそこには注意を向けず、ほかの物体に向かった。細長く、長さは百メートルに達し、先端には横桁《よこげた》がのびているため、負荷がかかりすぎているように見える。それでもこの構造物はどこか威厳があり、品があった。

それはグルウテといい……全体で空間エレメントと呼ばれる。

グルウテの色鮮やかな木目模様が刺激的で、カッツェンカットは凝視した。

「わたしの名は〝輝きの蝶〟です」空間エレメントがテレパシーでいった。グルウテはきわめて合理的な思考の持ち主だが、こうした時代錯誤な詩的な名前を名乗る。

しかし、そうした名前はかれらの外見には似合っていた。戦争エレメントと同じ人工物で、大量生産されるただの有機ロボットだが、外見が美しく、光り輝く魚が真空の宇宙を泳ぎまわっているようだった。カッツェンカットでさえ、かれらを有機的な生物ではなくロボットだと理解するのはむずかしく感じた。

かれらは半エネルギー性の透明被膜におおわれていて、そこから色とりどりの脈打つ内部構造が見えた。まさに内臓だ。

輝きの蝶は、とくに美しい個体だが、そのことについてはまったく自覚していない。

「エレメントの十戒にようこそ」カッツェンカットはグルウテに挨拶した。そこには嘲笑の響きがないわけではなかったが、それは、空間エレメントの代表者たちがおよそ感情というものを知らないからだ。「いい旅だったか？」

「われわれ、呼ばれればすぐに態勢をととのえます」輝きの蝶は答えた。「しかし、集合場所が快適だとよかったのですが。ここはわれわれが力を発揮できる場所ではありません。そのせいで〝太陽の踊り手〟と〝霧かくれ〟がおかしくなってしまいました！」

カッツェンカットはそのほのめかしにしたがって、グルウテ二体が逃げだしたのをゼロ夢で確認した。二体は集団からはなれ、より大型の小惑星があるフィールドに入っていく。前方の横桁をぴくつかせ、胴のうしろをはげしく動かし、ふたたび自由な宇宙空間に救いをもとめようとしている。

「重力が！」——グルウテのテレパシーの叫びだ。それを、カッツェンカットは受けとめた。「重力に滅ぼされる」

これは杞憂《きゆう》だった。グルウテが破壊されるのは、高次元エネルギーの過充塡による場合だけだ。しかし、天体の重力がかれらを弱らせる恐れはある。棺桶星系の極端に高密度な小惑星の重力は著しく、グルウテには苦痛にちがいない。

カッツェンカットは魅了されたように、空間エレメントの二体がしばらく必死に努力したあと、ようやく小惑星フィールドの重力領域から抜けだすのを見た。

しかし、その前にもうひとつ事件があった。表面的にはなにも変化がないまま、輝きの蝶のなかで突然ふたつの〝感情爆発〟が起きたのだ。一瞬、メンタル的に大混乱になり、その後、波はしずまった。

カッツェンカットはテレパスの潜在能力で、いくつかの精神が急に輝きの蝶に宿ったのに気づいた。それはギャンだと確認される。指揮エレメントは、もちろんその意味を知っていた。

ギャンすなわち精神エレメントは、からだを持たず目に見えない非物質的な存在で、移動するのにグルウテを搬送補助手段として使う。ある一種族の精神化過程から発生した、純粋精神だ。しかし、統合して多重意識になるかわりに、それぞれが精神化したギャンとして個体のままのこった。こうしてきわめて騒々しい精神の集団が生まれたのだ。

霧かくれと太陽の踊り手が小惑星の重力フィールドに接近しすぎたとき、この二グルウテを輸送手段として使っていたギャンがパニック反応を起こして、輝きの蝶に移動したにちがいない。いざとなれば、宇宙粒子までも輸送手段として使うのだ。

だが、輝きの蝶はすばやくまたギャンを支配下においていた。

しかし、グルウテがギャンによって注意をそらされれば、これも長くはつづかないだろうとカッツェンカットは感じた。そのため、精神エレメントを呼びだすことにした。

「出動のときまで、技術エレメントがきみたちを受け入れるだろう」テレパシーで伝える。「全ギャンに告ぐ。《マシン八》に向かえ。そこに当座の宿舎がある。だが、十戒のほかのエレメントに対して適切な行動をせよ」

この注意は必要だった。というのも、ギャンには騒ぎを起こす性質があるからだ。かれらは命を持たない物質の分子構造を完全に組み換える能力を使って、《マシン》サイズの宇宙船さえも、なんなく破片に変えることができる。

カッツェンカットは、精神エレメントが空間エレメントから出て《マシン八》に向かうのを監視しつづけることはしない。作戦の展望を考え、いくらか探知を実行するために《理性の優位》にもどった。そのさい、棺桶星系内のあちこちで〝かくれた斑点〟のようなものができているのに気づいた。しかし、その性質について詳細なデータはない。

カッツェンカットはとりあえずそれ以上は関わらず、あとで分析しようと考えた。

まずは仮面エレメント、マーゲナンのもとに行き、しかるべき挨拶をしたい。かれらを相手に意地の悪い遊びをくりひろげるのが好きなのだ。

しかし、このとき《マシン三》から連絡が入り、ネガスフィアへの転送機接続が築かれたことを知らされた。超越エレメントの移送をはじめられるという。

「では、そちらを優先させよう」カッツェンカットは不機嫌そうに指示した。

「移送を監視しなくていいのですか？」1＝1＝モノルグがたずねた。《マシン三》の船長だ。カッツェンカットと同じくらいの背で、からだは黒い卵形をしていて、かれ自身の船が小型になったようだった。

カッツェンカットは、できれば寄生虫のような超越エレメントの姿は見たくないと答えたかったが、がまんしてこらえた。自身の感情は技術エレメントには関係ない。ネガスフィアに住むあの生物に対する嫌悪感は胸にしまっておく。超越エレメントが不気味なのは、犠牲者となる相手を、かれらにとってはまさに楽園のように感じられる奇妙な領域にしばらく送っておけるという驚くべき才能を持つからだった。ネガスフィアからあらわれるすべてのものと同じく、この超越者たちも、カッツェンカットはできれば避けたいと思うところがあった。

しかし、1＝1＝モノルグはただこういっただけだった。

「超越エレメントをうまく収容してください。かれらは招集に応じられるでしょう」

仮面エレメントは十戒の第五列である。敵を探り、内部から揺るがすために不可欠な存在だ。

*

カッツェンカットはゼロ夢のなかで、混合部隊の一隻のなかに入った。それは直径五十メートルの小型球型船で、テラナーの船の型と似ていなくもない。ただ、船首側の極のタマネギ形の装飾だけが特徴的だった。

船内には十名のマーゲナンがいたが、それぞれに共通点はなく、独自の容貌をしていた。巨人のような者もいれば、カッツェンカットが見おろせるくらい小柄な者もいる。

「ここはなにかにおうな」カッツェンカットは入るなり、いった。実際、かれの故郷惑星を思いださせるような果実の香りが漂っていた。こうした思い出を好かないかれは腹だたしく感じた。

「われわれは能力を十戒に捧げるため、あなたの招集に応じました」トカゲの姿をした一マーゲナンがいった。無骨な衣服を着用しているが、武装用だろう。からだも服も、マーゲナンは自分たちの能力を使ってみずからつくりあげているのだ。

「きみが船長か？」カッツェンカットはたずねた。「名前はなんという？」

「アンティルス・コンです」

「で、本当の名前は？」

マーゲナンは困惑して黙った。この種族には、関係の近い友にしか明かさない真実の名前があるのを、カッツェンカットは知っていた。同じように本来の姿も通常はたがいに見せない。この点を突いてやろうと、カッツェンカットは考えていた。

「わたしは指揮エレメントだ」かれはいった。「絶対的な服従を要求する。本当の名前はなんという？」

マーゲナンは助けをもとめるように、突きだした目で周囲を見まわした。しかし、仲間は手をさしのべず、自身がこのような集中的な尋問を受けずにすんで、明らかに安堵していた。

「わたしの名前は、夏至の夜に向けて欠けていく第三の月のもとでの体臭です」マーゲナンはいった。ささやき声がかれの仲間にひろがった。というのも、きわめて繊細な嗅覚を持ち、故郷惑星の状況を知っているかれらにとって、この謎めいた発言は告白そのものだったからだ。

「わたしにはマーゲナンの嗅覚もなければ、謎解きゲームをする気もない」カッツェンカットは無愛想にいった。「名を名乗れ！」

マーゲナンはなにか早口でいった。ほかの者たちは、かれがもっとも奥にあるものをむきだしにしたかのように、恥ずかしそうに顔をそむけた。その名前の意味はカッツェンカットには理解できなかったが、満足した。

「よし。では、本当の姿を見せよ」

「いやです！」

「だめだ！」

「全員の前ではけっして……」

「わかった」カッツェンカットは譲歩して、巨体で毛深い姿の一マーゲナンをさししめした。「きみはのこって、ほかの者たちはべつの船に移動しろ。われわれ三名でちいさなシンポジウムをおこなう。ほんものの擬態儀式をな」

「それだけは無理強いしないでください」毛深い巨人がいった。「それだけは！」

「擬態儀式がきみたちにとって神聖で、外部の者に介入されたくないのはよく知っている」カッツェンカットはうわべだけの理解を見せた。「だが、マーゲナンにはこの船と設備をわたしの指示にしたがってつくりあげてほしい。きみたち両名には、銀河系種族の外見になってもらう。失敗がないように、わたしはその経過を見守らなくてはならない。計画の成功はそこにかかっている。きみたちが向かうのは、くだらない擬態儀式などよりもずっと神聖な出動なのだぞ」

「いまいった種族の映像と、完成後の船の見本および設計図を教えてください」アンティルス・コンと名乗ったマーゲナンは話をそらそうとした。「それがあれば充分です。すべて指示どおりに模倣すると約束します。われわれにはできます。仮面エレメントですから」

「だめだ！」カッツェンカットは断固としていった。実際は擬態儀式のさい、その場にいる必要はないし、これほど主張するような重要性もないのだが、かれには特別な理由があった。

「まず、本当の姿を見せるのだ」かれは命じた。

両マーゲナンはしたがった。このように裸体を見せるくらいなら死んだほうがましだとかれらが思っていることを、カッツェンカットは感じた。しかし、二名は臆病でその意志を行動にうつすことはできず、屈辱的な行為を選んだ。

二名はかれの前に立った。背は人間程度だが、ヒューマノイドとはかけはなれている。頭には毛がはえていて、顎は鼻面《はなづら》のように前に突きだし、ちいさくとがった耳は金色の毛になかばかくれている。長身で、からだ全体が金色の毛皮におおわれ、やわらかい脂肪ではちきれそうだ。この印象は、かれらに骨格がないためだった。上肢は翼と鰭《ひれ》の中間のようで、先端が繊細な把握器官になっていた。脚は短く、やはり鰭のようだが直角に曲がり、しっかり立てるようになっている。そのため、歩き方は奇妙なほどよたよたし、上肢を揺らしてバランスをとっていた。そのせいでマーゲナンは、しなやかで機敏なからだつきをしていても、不器用に見えた。

「その姿を見せたくないのは無理もない」カッツェンカットは軽蔑するようにいった。

「だが、きみたちは体臭も除去しなくてはならない。それから船の設備の成形にとりかかるのだ。充分に可変分泌液をしたたらせ、外殻から微細な部品にいたるまで、わたしのイメージに沿った船にしなくてはならない。それが終了したら、べつの姿になるのを許そう」

そのあとの作業はカッツェンカットには退屈すぎたので、何度か《理性の優位》にもどり、より重要なものごとにとりくんだ。しかし、マーゲナン二名から目ははなさない。

ふたりはよく働いたが、かれは驚かなかった。擬装についてはどんな状況でもまかせられるとわかっている……ただ、勇気をためすことはできない。そしてそれこそが、擬態儀式のさいにその場にいあわせたかった本当の理由だった。不必要にかれらを苦しめるつもりではなく、こちらの意図に沿っていくらか教育できればいいと思ったのだ。成功するかどうかはべつの話だが、すくなくともためしてみたかった。

船は、カッツェンカットが提示した見本どおりに完全な複製物になった。マーゲナンたちがその船に乗る生物にふさわしい姿になることを、カッツェンカットは許した。

その後、指揮エレメントは二名のことを考えることはなかった。

＊

いまや、暗黒エレメントをのぞいて、エレメントの十戒すべてが銀河のこの宙域に集結した。そこへちょうど《マシン十一》の1＝1＝シェルグが、タウレクの防御兵器に耐性のある戦争エレメントの第一陣が動きはじめたと報告してきた。

戦争エレメントをあきらめることになっていたら、きわめて残念だっただろう。数十億を数えるブルー族の種族は、混沌の勢力の戦士に変貌することを定められているのだから。

今回はうまくいくだろうとカッツェンカットは確信していた。暗黒エレメントの援助を受けずにすむならば、まさによろこばしい。

あらゆるエレメントのなかで、暗黒エレメントがもっとも不気味だった。生命形態というよりはむしろ、生物が誕生した最初の日々に生まれた一現象で、それが宇宙の数十億年の発展からなんの影響も受けることなく生きのびてきたようだ。

できるなら、カッツェンカットは暗黒エレメントは使いたくなかった。十戒のこの第十エレメントに比すれば、ネガスフィアでさえもまだ居心地がいい。

考えをめぐらせ指揮エレメントの注意が散漫になっているあいだに、ゼロ夢では旅に出るときが近づいていた。

その旅のようすはゼロ夢で明らかになる。

フェルト星系の宙域では、銀河系諸種族の戦力がまだ動員されていた。ほかのブルー族国家の宇宙艦隊が集結し、ガタス人への協力を表明している。

「じきに戦争エレメントがおまえたちのところにくる」カッツェンカットはひそかにそういった。

フェルト星系から十四光年の距離にあるリューベック・バザールに、さらにノウゴロドがくわわっていた。

コズミック・バザールと呼ばれるこれらの巨大船は通商上の中継ポイントで、戦闘が長くつづく場合は補給拠点としての意味も持つ。規模も壮大で、各バザールは技術エレメントの《マシン》船の十倍以上の大きさだった。

そこに、いわゆるGAVÖKに属する多様な種族の艦隊がくわわっている。GAVÖKとは、銀河系諸種族の尊厳連合の略で、この銀河のほぼすべての宇宙航行種族が、内部の平和を安定化するために加盟している。

いま、その構成員の種族がこの宙域にやってくるのは、巨大アルマダ炎が向かっている先の第一クロノフォシルを、混沌の勢力の影響から守るためだった。

「わたしが銀河系の種族を凌辱する作戦に出たあと、どんな状況になるか見ていよう」と、カッツェンカット。

銀河系諸種族がフェルト星系を守るためにあらゆる努力をつくしたあと、クロノフォシルの意味は周知のものになるにちがいない。クロノフォシルはこの銀河や周囲にいくつかある。

クロノフォシルについてカッツェンカットが知っているのは、銀河系を通過する無限アルマダが立ちよる一目的のようなものだということだけだ。炎の標識灯は無限アルマダが通過する空間を準備するための先触れで、先導者である。

指揮エレメントは、無限アルマダが各クロノフォシルを……ただのひとつも省略することなく……通過するにちがいないことも、これらすべてがペリー・ローダンの行動に密接に関わることもわかっていた。

エレメントの支配者が最終的な意味と関係を明らかにしなくても、カッツェンカットの任務は明白だった。

フェルト星系を十戒によって征服し、クロノフォシルとして使えないようにしなくてはならない。そのためには、ブルー族を銀河系諸種族の連合から引きはなし、混沌の勢力に従属させる必要があるのだ。

「新世代の戦争エレメントがいれば、それは可能だろう！」カッツェンカットはかたく信じていた。

フェルト星系内の敵の潜在的な力については、まったく心配していなかった。敵の勢力への対応には、かれが使えるエレメントとともにあらゆる可能な手段を、大規模な攻撃から小規模の侵攻までそなえている。

カッツェンカットは《理性の優位》にもどった。

探知の成果があったのだ。

メンタル的に探知機と接続して、棺桶星系で異状が頻発していると知った。宇宙空間の硬直をもたらす〝かくれた斑点〟の発生も増加している。

だがカッツェンカットはそれ以上、関心を持たなかった。こうした些末《さまつ》なことにかまってはいられない……とにかくいまは。

いま重要なのは、フェルト星系への攻撃準備だ。

十戒はそろっている……カッツェンカットはその先頭にいるのだ。

2

そこはこの宇宙が知る万物よりも冷たい。

アインシュタイン空間の絶対零度をはるかに下まわる冷たさで、この宇宙には物理的に不可能な状態だ。

そこはどこかべつの宇宙、べつの次元である。そこの絶対零度は摂氏マイナス九百六十一度。

外見上はぼんやり輝く雲のようで、それにより、あらゆる熱の発生源がこの絶対零度に近づくのが物理的に確認できる。その温度に達したものはすべて、マイナス宇宙に飛ばされる。

そこは宇宙航行および、恒星やあらゆる天体の終焉の地……全生命と宇宙のすべての力が死を迎える。

それがエレメントの十戒のひとつだ。

冷気エレメントである。

ブロック監視者のウーメ・アズュンは、まもなく混乱してきた。

実際なにが起きたのか把握できないうちに、フェルト星系と惑星ガタスでは次々に事件が起きている。いつくるのかも、そもそも本当にくるのかもわからない嵐を前に、騒いでいるのだ。

GAVÖKメンバーの艦隊が集結しつづけている。トプシダー、スプリンガー、超重族、アコン人、新アルコン人、アンティらが続々とやってきて、ブルー族の同胞もアパソス人やテントラ人などが集まった。ただし、ハネ人だけは消息がわからない。そのほか、LFTと宇宙ハンザもガタスを援助している。

ウーメ・アズュンはひとつの部署からべつの部署へと走り、スクリーン経由でほかのブロック監視者たちと協議した。同時に、高性能計算機を使い、大量のデータを算出・分析して、傾向を追求する……おかげで、ひどい頭痛がした。

多様な情報が膨大にあったが、重要なものはそこにはなかった。

作業をやめて緊張を解かなくてはならない。

このようなときのために、かれは首都モルケックス・シティに私的な住まいを持っていた。外交官用リフトで第五監視所をはなれる。上に着くと、あるドーム型建物へ行き、

*

最上階まであがり、かれのためにいつも鍵がかかっていないままのドアに向かった。「あなたなの？」ドアを開けたカーラ・ユーゲルが驚いたようにいった。テラ製のふだん着を着用していて、その白い色で、顔の明るい筋がより強調されていた。きわめて魅力的な女ブルー族だ。「いったい、どうして抜けだせたの？」

かれはＩＤカードをさししめし、

「これでいつでも連絡はとれる」と、応えてなかに入る。居心地のいいシートにどさりと腰をおろし、彼女を手招きした。「たまった問題について話しあいたいんだ。きみの意見を聞きたい。大衆の意見を」

「あなたのコンピュータなら、大衆が考えていることをずっと的確に伝えてくれるのではないかしら」

「わたしにとってはきみが大衆だ」

「それなら話してみて。なんのことなの？」

「イーストサイドでの出来ごとだ。正確には説明できないが、われわれ種族の生活空間を脅かす危険について。きみは、プリイルト星系とヴリジン星系で起きたことを知っているな」

「ニュースは見たわよ。ハネ人と、その後カルル人も未知の権力に支配され、わたしたちがとっくに克服したと思っていた暗黒時代の祖先みたいに、戦闘的で攻撃的になったのよね。似たことがこのガタスでも起こるかもしれないというのは本当なの？」

「危惧はされている」かれは答えて、レンズ状の頭をうつむかせた。「だが、わたしが気になるのはべつの問題なのだ。イーストサイドをこえて銀河系に進入してくる巨大な光の炎だよ。いわゆる炎の標識灯だ。この炎には、銀河系に直径十光年の巨大な航路をつらぬいて、そこを無限アルマダに通過させるという任務がある」

「それについても聞いたわ。でも、まったく見当がつかない。ハネ人はその炎の放射である平和オーラによってしずめられたといわれているわ。それはいいことのように聞こえる。だけど……」

「うん。さ、つづけて」かれは勇気づけるようにうながした。

「炎の標識灯が恒星や星系全体をその航路から追いはらって、べつの次元に送っているというのは本当なのかしら？」彼女はつづきを話した。「そして……まっすぐフェルト星系に進んでいるということも？」

「すべてがそうだと物語っている」ウーメはいった。「数週間か数カ月はかかるだろうが、炎の標識灯のコースはフェルト星系を通過すると一般的に考えられる。炎はすでにいくつかの、惑星を持たない恒星や住民のいない星系を〝宇宙襞《ひだ》〟のなかにとりこんだが、そのときは星の比較的すくない宙域を移動していた。だが、次はヴリジン星系に到達し、そこに住むカルル人もろとも、宇宙襞にほうりこんだ。あるいは、きみがそういいたいなら、べつの次元に」

彼女は顔をそむけ、後方のひと組の目でウーメを見つめた。しかし、また顔の正面がかれに向いたとき、その目には不安がこもっていた。

「それはつまり、わたしたちの星系も……恒星フェルトと十四の惑星も、わたしたち全員も、そういう宇宙の落とし穴に運ばれてしまうということなの？　なんて恐ろしいのでしょう」

「可能性はある」かれは彼女から目をはなさずにいった。「しかし、ひょっとすると、平和オーラを感じるだけかもしれない。だが、たしかに炎の標識灯は無限アルマダがフェルト星系を通過するように航路を定めているのだ。そのさいは数百万隻、数十億隻の艦船がやってくる。想像をこえた規模の艦隊、無数の種族の集団の到来だ。どんな壮大な光景になるだろうか！」

「恐がらせないで、ウーメ」彼女は甲高《かんだか》い声をあげた。「壮大なんて、わたしには感じられないわ。ただ恐ろしいだけ。わたしたちはたくさんの未知の船がここにあふれるのを、耐えなくてはいけないの？　かれらに場所をあけわたす必要があるの？　どうして無限アルマダはべつの道を行かないの？」

「ああ、まったく」かれはいった。「われわれにわかるのはただ、無限アルマダが銀河系を横断しなくてはならず、そのさいにフェルト星系を通過する必要があるということだけだ。その必然性については、だれも説明できない。しかし、いずれきっと理由は説明されるだろう。それは確固とした理由で、宇宙の計画の一部にちがいない。単純なことさ」

「そうなの」

「納得してもらえないのはわかっている」かれは彼女の両手をとって、しっかり目を見つめた。「国民投票になったら、どうする？　賛成か、反対か？」

「この星系がべつの次元に送られ、わたしたちの領土に無限アルマダがくることに耐えられるかどうかという投票があったら、ということ？」

「そのとおりだ。それで？」

「反対よ、もちろん。故郷を愛するガタス人はみんなわたしと同じように考えるわ」

「同じ結果を高性能計算機もはじきだした」落胆してかれは答えた。「いまの時点で大衆に質問を投げかけて決断させたら、カタストロフィが引き起こされるだろう。背後の事象についての説明が充分になされていない。すべてが壮大な宇宙の計画の一部だということを、ガタス人たちに充分に指摘できていないのだ。背景の事情についての情報や、だれもが理解できる根拠がもっと必要だ」

「それがあなたの問題なの、ウーメ？」

かれが強くうなずいたので、長い頸が最大限まで曲がった。

「ブロック監視者のキゼム・ユィブがそうした国民投票を強くもとめている。無限アルマダの通過を拒否したら、われわれ種族のためにつくすことになると、かれは信じているんだ。そんなことをしたら、まさにネガティヴ勢力の思うつぼだよ。それだけは明らかだ」

「無限アルマダにわたしたちが耐えなくてはならないというのなら、わたしはあなたの意見に賛成よ、ウーメ」彼女はいった。

「善良で純真なカーラ、残念ながら、きみは実際は大衆ではないのだ。そろそろだれかがやってきて、本当はなにが起きているのか教えてくれたらいいのに。心の奥底では、わたし自身も納得してはいない。だがそのかわり、ハネ人とカルル人のところで起きたようなことがくりかえされてはならないのはわかっている。GAVÖKやそのほかから派遣されてきた無数の艦船はすべて、われわれを脅かすネガティヴ勢力に対する防衛に従事しなくてはならないだろう」

かれはIDカードのインパルスを受信して、話を中断した。

「いいかい？」応えを待たずにかれはカーラのモニターのところに行き、カードをスリットにさしこんだ。

すぐにスクリーンが明るくなり、ブロック監視者ネチ・ジェルミュンの姿があらわれた。ウーメが所属するブロックの監視者七名のひとりで、もっとも信頼できる者だ。

「信じられないだろうが、ウーメ」かれは裏返ったような声で報告した。「レジナルド・ブルがガタスに向かっている。連れは、三名の重要人物だ。キゼムのばかげた計画を阻止するために有益な情報を得られるだろう」

「すぐに行く」ウーメはいった。

カーラはうちひしがれて、かれを見送った。政府の重要業務に専念するため、恋人が挨拶もしないで駆けだしていくのは、はじめてのことではないのだ。

＊

「炎の標識灯がフェルト星系にいずれにしても向かうなら、われわれは先に飛んでいくとしよう」ブルはいった。「もう炎の観察は充分だ」

「賛成だ」タウレクがいった。

コスモクラートの長さ八十メートルのパイプ形宇宙船《シゼル》にとって、ヴリジン星系とフェルト星系のあいだの一万八千百七十六光年など、距離のうちに入らない。絶対移動が可能だからだ。

タウレクは制御プラットフォームに向かい、ブルはヴィシュナとエルンスト・エラートとともにさがった。ブルはできるだけ、女コスモクラートを直視するのを避けていた。いまもまだ彼女がベリーセに見えて、当惑してしまうのだ。彼女はそれを知っていて、おもしろがっているようだった。エルンスト・エラートは反対に、魅了されているのをかくさずに彼女を見つめた。

かれの新しいヴィールス体も堂々とした姿だ。身長百八十センチメートル、瘦軀《そうく》で無毛、皮膚は青みがかっていて、暗がりでは内側から光っているように見える。

しかし、外見よりもさらに印象的なのは、エラートのメタモルファーとしての能力だった。かれはからだの構造を、バターのようにやわらかいものからクリスタルのように硬いものにまで変化させられ……ヴィールスの大きさにまで分解できる。それによりコントロールを失うことはない。この能力のおかげもあって、炎の標識灯はエレメントの十戒にとめられることなく、また、かれらもカッツェンカットの牢獄から逃げだすことができたのだった。

それでも、ブルなら、このからだととりかえたいとは思わないだろう。しかし、エラートにはほかに選択肢がなかったのだ。いまはあらたな姿にも慣れたようで、心理的な障害はあるかもしれないが、いずれにしてもかれは知らないそぶりをしていた。

エルンスト・エラートは、みながいうように、完全体になったのだ。

かれらはこの前の事件について自由に話をした。

「エレメントの十戒というのは、実際、そんなに大きな危険なのか？」ブルがたずねる。

「これまでのエレメントの作用の総計を引きだせば、答えは自然とわかるはず」ヴィシュナがいんぎんな調子でいった。「まだすべてのエレメントが行動に出たわけではないけれど」

「ブルー族を好戦的な野蛮生物にした戦争エレメントのことはわかった」ブルが数えあげた。「冷気エレメントは空虚空間にひろがり、無限アルマダに対して塁壁を築いている。技術エレメントはおよそ無尽蔵の武器庫で……最後に指揮エレメント、カッツェンカットだ。全エレメントの操縦者かつ調整役だな。しかし、これは全体で十あるエレメントのうち、やっと四つだ。ほかの六つはどんなものだろう？」

最後の質問がブルの本来の意図だったが、ヴィシュナはこう答えただけだった。

「タウレクでさえ、すべては知らないのよ。でも安心して、これからわかるから。ヴリジン星系で敗北を喫した指揮エレメントは、すべてをかけて予定の目的を達成しようとするでしょう。つまり、無限アルマダの銀河系の通過を阻止するということよ。そこには炎の標識灯を停止させて、クロノフォシルを排除することもふくまれている」

「カッツェンカットの三点攻撃プログラムについてはわかっている」ブルがいった。

「だが、いったいぜんたい、クロノフォシルとはなんなのだ？」

「無限アルマダが旅の途中で立ちよる場所といえるかもしれない」ヴィシュナは答えて、こうつけくわえた。「そうね、それがぴったりね」

「わたしだって、恒星がまるいというよりましな説明を未開人にできるぞ」ブルは立腹した。

「ふつうはクロノフォシルもまるいわ」と、ヴィシュナ。

ブルはあきらめた。タウレクとヴィシュナが最低限以上の関係についてはけっして明かさないというのは、これまでのことでよくわかっていた。

それは変えられない。だが、ブルはがまんできなかった。

タウレクは、かれの船にすぐれた技術機器と効果的な武器をそろえたほんものの兵器庫を持っている。しかし、それをさしだすことはない。ただときどき、ほかにどうしようもないときに投入するだけだ。

かれがヴリジン星系で《シゼル》の高性能送信機を使わせてくれたのはほとんど奇蹟だったと、ブルはひそかに考えた。ブルはそれを使って、とてつもない距離があるにもかかわらず、テラとコズミック・バザールの一部と連絡をとることができ、このイーストサイドへの援助依頼が可能になったのだ。フェルト星系近くにはリューベックがあるが、それ以外に、二百の太陽の星にあるロストック・バザール、M－13のノヴゴロド・バザールにも通信できた。

「《シゼル》の能力があれば、エレメントの十戒に単独で対処できるかもしれないな」

ブルはひとり言のようにいった。

「コスモクラートの態度を受け入れるべきです」エルンスト・エラートはなだめるよう

にいった。「結局、ヴィシュナとタウレクは善のために力をつくしているのですから」

「わたしもそう見えるほど憤慨しているわけじゃない」ブルはいった。「ときどき不満をぶちまけて、せいせいしなくてはならないのだ」

《シゼル》はフェルト星系に到達し、進入した。船殻の中央にある制御プラットフォームは一重の防御バリアでかこまれているだけで、そこに両コスモクラートがいる。ブルはそこへおもむいた。

ガタスがあらわれ、急速に大きくなっていった。操縦ピラミッドの上に、ブルー族の居住惑星の環境をしめす映像が次々にしめされていく。それぞれの映像はほかと見分けがつかない。というのは、どれにもはてしなくならぶ宇宙船がうつっているからだ。建造方式は多様だが。そこには宇宙ハンザの楔《くさび》型船が、スプリンガーの転子《ころ》状船やブルー族の円盤艦にならんで〝係留〟されている。

「まさに駆りたてられたスズメバチの巣の様相だな」という言葉がブルの口からもれる。

「これはごく一部にすぎない。M－13のノヴゴロドがまもなく到着すると、リューベック・バザールがいってきた。力強い援軍だ」タウレクは防御バリアごしに、すでに肉眼でも多くの艦船を確認できるところをさししめした。「あれらが進路をふさいでいて、モルケックス・シティ宇宙港の地上勤務員が着陸を誘導する妨げになっている。きみが到着すると伝えたのだが、ブリー、五時間も早い誘導ビームを期待するのは無理だろう」

「まさか、誘導ビームを待たない気ではないだろうな？」ブルがたずねた。

「まさにそれだ」タウレクは破顔した。「自由航行で着陸する。しっかりつかまれ！」

ブルはこの警告をまじめに受けとらなかった。というのも、《シゼル》には成功する力があると知っていたからだ。それでも、それにつづいた着陸の経過は印象的だった。惑星がいっきに大きくなり、ガタスに空気がないかのように地表が音もなく船の下をすべっていく。操縦ピラミッドの上の映像がめまぐるしく変化して、目で追っていけない。突然、建物がならぶ地域が眼下に姿をあらわした。《シゼル》は閃光のようにそこに突進していき、幾何学模様のフィールド上で停止する。そこはモルケックス・シティ宇宙港で、艦船がところせましとならんでいた。

「とめる場所を発見したぞ」タウレクが笑った。飛びこんできた早口の通信は無視する。かれは《シゼル》を石のように落下させ、ブルー族の円盤艦二隻のあいだにある幅二十メートルの隙間に入れた。今回はブルも軽く身をすくませたが、《シゼル》は羽根のようにやわらかく着陸した。

ようやくタウレクは通信連絡に応答し、レジナルド・ブルの名前でガタス政府を呼びだし、映像通信をブルにまかせた。

一ブルー族のプロジェクションがあらわれ、無愛想にいった。

「第一ブロックは受け入れの準備ができていません。われわれはちょうど国民投票中なので」

映像が乱れ、べつのブルー族が姿をあらわした。かれはブロック監視者のウーメ・アズュンと名乗り、こうつけくわえた。

「キゼム・ユィブの話は無視してください。かれは不満分子なのです。ガタス政府の名においてあなたがたを歓迎します。第五監視所ブロックでお待ちしています」

*

ウーメ・アズュンはとくに痩軀の長身のブルー族で、肌が黒みがかっていた。アクセントは強いが、インターコスモを問題なく話す。

かれのライヴァルらしいキゼム・ユィブは背が低く、そのせいでずんぐりした印象をあたえた。薄い紅色の頭を誇らしそうにあげている。だが、インターコスモを流暢《りゅうちょう》に話そうという気はないようだった。

この場にはブルー族はふたりしかいなかったが、ガタス政府のほかのブロック監視者とべつのブルー族政府の代表者が通信経由でこの緊急会議に参加した。

ブルー族がなんのために動き、どんな不安をかかえているか、ブルは知っている。まずは、無限アルマダに対するブルー族の不安をとりのぞかなければならない。次に、エレメントの十戒のかたちをとった混沌の勢力がどんな危険をはらんでいるのかを、パニックを引き起こさないように説明する必要があった。

無限アルマダが銀河系を通過することと、銀河イーストサイドに立ちよることは、宇宙の力の安定をたもつために不可欠なのだと、ブルー族にわからせるのは困難だった。ブルは何度も助けをもとめるようにタウレクを見つめたが、かれは自分にはまったく関係ないというようなそぶりをした。

すべての質問に事実に即して詳細に答えようと、ブルは最善をつくした。何度か無限アルマダの通過と、星系全体のあけわたしについて、説得力のある理由を話す場面になると、冷たい汗が噴きだした。

タウレクはこの点についても手をさしのべず、頑固に沈黙をつづけた。

しかし、すくなくともブルは、炎の標識灯によって宇宙襞に保管された星系がこの宇宙から切断されてしまうわけではないことは、ブルー族に納得させることができた。ヴリジン星系にはいわゆる次元トンネルがあって、両方向への行き来が可能だということは、かれ自身も確信していた。すでにそれを確認して驚いたカルル人からの報告もとどいている。

エレメントの十戒の危険性についても充分な報告があって、この話も根拠のないものとはならなかった。

それでも議論が熱くなると、ブルー族の詳細な質問に答えて納得させることがブルにはできなかった。なによりも、かれが充分に具体的な話をできなかったためだ。

だから会議の中断の機会があったとき、かれは心から安堵した。そのきっかけになったのは、かつての播種船《ホルドゥン＝ファルバン》……現在のロストック・バザールが二百の太陽の星から、ポスビのフラグメント船の部隊に護衛されて到着したという知らせだった。

「つづける前に、ポスビの報告を聞こう」ブルは提案した。「あらたな観点が生まれるかもしれない」

実際にそういう展開になった。

＊

第五監視所で面会したポスビは、ほとんどヒューマノイド型のロボットだった。しかし、極度に細いからだと楕円形の頭はかなりブルー族に似ている。このタイプのポスビを使者として派遣した中央プラズマの意図かもしれない。しかし、すべてのポスビ船の乗員が同じタイプというわけではないだろう。ほかのフラグメント船が周回軌道にとどまっているあいだに、この使節の船のために着陸床が至急あけられていた。

ポスビは報告した。

「中央プラズマはブルー族に援軍を送りましたが、自身が危険に脅かされているのです。冷気エレメントが空虚空間にますますひろがっています。すでにわれわれの基地を二カ所襲い、そこはマイナス宇宙に送られました。空虚空間のさらなる基地が危機におちいっています。しかし、よりひどいのは、冷気エレメントが二百の太陽の星の方向にも拡大している点です。食いとめられなければ、中央プラズマに深刻な危機が迫ることになります」

ブルはそれを聞いて身震いした。ポスビはこの主張を裏づける資料を提示した。話に誇張はなく、強大な冷気の雲は一定の速度で拡大をつづけ、まもなく二百の太陽の星に到達しそうだった。

「どう思う？」ブルはタウレクにたずねた。「これはエレメントの十戒のたんなる陽動作戦だろうか、それとも二百の太陽の星が本当に危機におちいっているのだろうか？」

タウレクはヴィシュナと目を見かわすと、真剣にいった。

「陽動作戦などではない。二百の太陽の星が十戒の攻撃目標のひとつになっていることに、疑いの余地はない」

「なぜ、そんなに確信があるのだ？」ブルがたずねた。

「きみはいつも訊いてきたな、クロノフォシルはなにかと」と、タウレク。「これはいっておきたいのだが、二百の太陽の星はフェルト星系と同じくクロノフォシルだ。アルコン星系や、そのほかの銀河の主要世界もまた同じ」

「さらに詳細な説明を聞けるんだろうな」ブルが皮肉をこめていうと、タウレクはつづけた。

「銀河系を横断するさい、無限アルマダはすべてのクロノフォシルを通る必要がある。いずれも欠けてはならない。当然だが、クロノフォシルは宇宙のポジティヴな力の支配下にある。もちろん、混沌の勢力はクロノフォシルを奪い、無限アルマダが進むのを阻止しようとするだろう。フェルト星系を支配下におくため、あらゆる手段を使ってくるはず。この関連から、二百の太陽の星もまた危機にさらされている。フェルト星系が陥落するか、ポスビの故郷がマイナス宇宙にのみこまれたら、無限アルマダは任務を遂行できなくなる。そのときは混沌の勢力が勝利して、善が敗北するのだ」コスモクラートは虎の目で見まわし、こうつけくわえた。「きみたちの銀河系と宇宙全体にとってそれがなにを意味するのか、想像できるだろう」

すこし沈黙がつづいたあと、ブルがたずねた。

「だが、実際、クロノフォシルにはなんの意味があるのだ？　なぜそんなに重要なのだ？」

「いい質問だ」タウレクは認め、またヴィシュナと目を見かわしてから、つづきを話しはじめた。「クロノフォシルはペリー・ローダンの使命に属するもので、まだ知られていない部分だ。しかし、ペリーの使命はコスモクラートの目標と分かちがたく結びついている。クロノフォシルが破壊されれば、コスモクラートの計画は早々に挫折し、ポジティヴな力が深刻な敗北を喫することになる。そうなると、もはや回復は不可能だ。同時に銀河系の没落が訪れるだろう」

ブルはその言葉に圧倒された。似たようなことを感じていたが、そうした関連をこれほど壮大な枠のなかで考えるのは避けていたのだ。

かれはブルー族のほうを向いた。

「きみたちも聞いたな。無限アルマダがフェルト星系を通過する意味と、失敗した場合にわれわれに振りかかる危険について」

ブロック監視者の両名、ウーメ・アズュンとキゼム・ユィブは短い議論をかわし、キゼムが発言をもとめてからいった。

「わかりました。これまで無限アルマダがわれわれの宙域を飛ぶことについての意味が明かされたことはありませんでした。詳細はわたしにはまだよくわからないところもありますが、われわれガタス人は問題なくこの計画を支持します。故郷星系をあらゆる敵の攻撃から守ることもふくめて。すべての同盟者の援助に感謝します。しかし……敵はどこにいるのですか？」

「すでにガタスにいるかもしれない」タウレクが災《わざわ》いを告げるようにいった。

ブルがコスモクラートをたしなめようとしたとき、報告が入った。《ラカル・ウールヴァ》ひきいるLFT艦船三千四百隻が集結したということだった。指揮はジュリアン・ティフラー自身がとっている。

レジナルド・ブルが通信を受けた。

「ガタスはどんなようすですか？」ティフラーは心配そうにたずねた。

「われわれ、話し合いで時間をすごしていた」ブルが答える。「それ以上できることもないのでな。すべて平穏だ」

「奇妙ですね」と、ティフラー。「ヴィールス・インペリウムの高精度計算では、エレメントの十戒はすでに攻撃をはじめたようですが」

「だが、なにも変化は見られない」ブルは、タウレクの不吉な予言を思いだして居心地悪そうにいった。

ティフラーはとにかく早急にガタスに向かうと約束したが、突然、大声をあげた。

「これでも、なにもないと？」

「どうした？」

「巨大な物体があります。全長百キロメートルで、ヴリジン星系であなたがたがとどめを刺した船に似ています。いまは後退し、探知できなくなりました。フェルト星系でなにか任務を終えたにちがいありません」

「技術エレメントにまちがいない」レジナルド・ブルは断言し、通信を終了すると、ウーメ・アズュンのほうを向いた。ブルー族は作業にとりかかる。

「もうなにもありません」ブルに話しかけられて、ブロック監視者は答えたが、困惑しているようだった。「あちこちの地域で騒ぎが起きています。おそらく、無限アルマダ到来に反対するデモ行動でしょう。至急、大衆に説明が必要です」

この言葉を聞いたタウレクが真剣なようすで口をはさんだ。

「だまされるな。この騒ぎは戦争エレメントの最初の徴候だ。わたしが事態を調査する。戦争エレメントに対抗する確実な方法があるのだ。攻撃がひろがらないうちにかたづけられるだろう」

かれはウーメ・アズュンから該当する地域のデータを受けとった。はじめは七カ所だけだったが、すぐに十一カ所までひろがっている。

「戦争エレメントの拡大を阻止するため、ポスビに援助を依頼するのが賢明だ」と、タウレクは説明した。「騒ぎの起きた地域を封鎖してもらおう。ただし、戦争エレメントに襲われないよう、ポスビの有機コンポーネントは一時的にブロックしなくては」

「まかせてくれ」ブルがいった。

3

かれらは悪へと誘惑する。

平和と秩序を葬る者たちである。

自然に生まれた者ではない。人工生物だ。

外見は銀色の蟹《かに》を思わせ、背中は穴だらけで筋がある。十二本の肢で宿主にしっかりつかまる寄生生物だ。犠牲者の脳の近くに棲みつくことを好む。

それにより、多くの影響をあたえられるからだ。

テレパシー性のささやきが集中的に聞こえるようにして、抵抗が生じるとちいさい芽のうちにつんでしまう。

パラメンタル性のささやきは、宿主の攻撃性を呼びさます。

悪魔のようなささやきにより、暴力へと導くのだ。

動物的な本能をかきたて、きわめて平和を好む者でも戦闘衝動を解きはなつようにしむける。

かれらは混沌の勢力の傭兵だ。

戦争エレメントである。

＊

カッツェンカットはゼロ夢のなかで作戦計画を練り、それが実行されるのをゼロ夢で見張っていた。

多くの時間を費《つい》やす必要はなく、ただすこし集中力をかたむけただけだが、それでもエレメントの個々の能力に適した、いい計画になっていた。

かれは1＝1＝シェルグひきいる《マシン十一》をフェルト星系に送った。船内には、新世代の戦争エレメントの最初の試作品がある。その力はすぐに実証されるだろうが、《マシン十一》が発見されることなく、フェルト星系にどれだけ接近していけるか、というところにもかかっていた。

無数の宇宙艦隊が障害物となって、技術エレメントは探知されにくく、作戦はあっさり進んだ。策略は成功し、戦争エレメントはフィクティヴ転送機によって、ガタスの異なる十一カ所に転送された。ただし、早すぎる発見を防ぐため、密集地は避ける。

カッツェンカットはできればブルー族の中央政府に戦争エレメントを送りこみたかったが、第五監視所ブロックの守りはきびしかった。

この課題は仮面エレメントに引き受けさせよう。かれはタイミングよくマーゲナン二名とその船に出動準備をさせていた。かれらのカムフラージュはほぼ完璧で、あとはただ時間エレメントと超越エレメントを大量に船に送りこみ、ガタスへ向かうように指示するだけだった。戦争エレメントの派遣と併せて、この作戦も計画どおり進んだ。喧噪《けんそう》のせいで仮面エレメントの宇宙船はほとんど注意を引くことなく、モルケックス・シティに着陸した。正方形の着陸スペースの上、ちょうど惑星地下施設の真上に第五監視所ブロックはあった。

カッツェンカットはまた戦争エレメントのほうを向いた。ゼロ夢のなかでは、発見されることなく、ガタスのさまざまな場所での出来ごとを観察できるのだ。

戦争エレメントは爆発的にひろがり、最大限の力を発揮して急速に増大していた。

＊

キジューは見知らぬ動物が床を這いまわっているのを見た。ほとんど理解できないメッセージが、それから送られてくる。キジューがかがむと、銀色の動物が跳びかかってきて、襟もとに入りこんで頸の下のほうにしっかりつかまった。かれははげしく抵抗して逃れようとしたが、それも長くつづかずに力つきた。

このとき、銀色生物のメッセージがはっきり聞こえてきた。

言葉にあらわせないほどの怒りがこみあげる。憎しみとはこれまで無縁だったが、いま、それを知った。

同じ宿舎にいる友エグレのところに行き、無分別な怒りにつつまれて襲いかかると、全身の体重をかけて床に倒した。

「いったい、どうした？」エグレが愕然として大声でいう。

エグレはすぐにそれを知ることになった。キジューの頸にいる銀色の生物がふたつに分裂したのだ。どちらも同一のもので、ひとつはキジューにとどまり、もうひとつがエグレの頸にうつり、すぐに成長し、分裂の準備をととのえた。

かつての友ふたりは、たがいに相手を気にしなくなった。両名のあいだに友情はもはや存在しない。しかし、はげしい攻撃性につつまれた同志だった。

両者はべつの方向に向かっていき、途中で遭遇したなにも知らない仲間を襲う。寄生生物の半分が相手に乗りうつった。

すぐに戦争エレメントの傭兵は八名になり、つづいて十六名に増えた。いまやかれらは強く無敵だった。攻撃性をかりたてられ発作的に行動するごとに、次々に仲間を得ていったためだ。

寄生生物は無限に分裂できる。

長くかからないうちに、カタンズ地区の全住民二百名が戦争エレメントに襲われた。

ただひとり、生きのびられなかった者がいた。短時間で生じたはげしい騒ぎについて、モルケックス・シティに連絡した通信士だ。この裏切りによって怒りにかられたキジューに殴り殺されたのだった。

しかし、それについてキジューの責任を問うことはできない。かれはすでに戦争エレメントに支配されていたのだ。キジューの人格はもはや存在しない。

かれはその仲間になんの反感も持っていなかったのに、後悔すら感じていなかった。とどまるところのない憎悪の感情は、あらゆる異質なものに向けられた。

かれらは女子供もふくめてわずか二百名の反乱軍だった。カタンズにはわずかな武器しかなく、隣りの町のダジュイにまとまって進軍するにも充分な転送手段もない。そのため、四方八方に散開し、各自で他者を〝転向させる〟のが得策だ。

この方法をとれば、反乱の炎は拡大し、他者に対する戦いをくりひろげるための巨大な同志軍団になれる。

実際にそういう展開になった。小地区の住民は全員が戦争エレメントの搬送体となり、さまざまな方向に散っていき、憎悪の種をまく場所を探しに向かった。

使用可能なグライダー二機と地上車六両に乗りこむ者と、徒歩で進む者がいる。キジューは一グライダーを勝ちとった。かれはとことんまで進むつもりで、モルケックス・シティをめざした。

＊

タウレクは速度をおさえて《シゼル》を操縦し、北に向かっていた。目的地はモルケックス・シティから五百キロメートルはなれた場所だ。カタンズは重要視される地区ではなく、その名前は第五監視所ではまったく出なかったが、タウレクはそのほかの騒ぎについても、ガタスの中央コンピュータから充分なデータを得た。かれはそれを搭載計算脳に入力し、略図を作成させた。その図は、《シゼル》の操縦ピラミッドの上で大きなプロジェクションとして確認できた。

「カッツェンカットが、住民が比較的すくない地域に戦争エレメントを送りこんだのは運がよかったわね」ヴィシュナがいった。

「急いでいて、できるだけ目立たないように行動したかったにちがいない」と、タウレク。「そのせいでかれの動きはかなり制限された。しかし、状況は充分ひどいものだ。戦争エレメントの拡散がどれだけ速いか、われわれは知っている。カタンズから隣りの大都市ダジュイまで五十キロメートルもはなれていない。ポスビがすばやく行動して、うまくそこを守ってくれるといいのだが」

「なぜ、わたしたちが動かないの?」ヴィシュナがたずねた。

「カッツェンカットのおもな攻撃目標はモルケックス・シティだ。カタンズは政府都市のもっとも近くに位置している。もしも……」

北方から一グライダーがくるのが探知され、かれは話を中断した。まだカタンズまで二十キロメートルある。

「もしも」と、タウレクはくりかえした。「あのグライダーがカタンズからきたのでないなら、驚くところだ」

かれは牽引ビームを作動させ、高速で接近してくる飛行物体をとらえた。グライダーを《シゼル》の外殻に係留させ、偵察放射を発する。

「いったとおりだ！」コスモクラートは大声を出した。

グライダーにはブルー族がひとりだけ乗っていた。気がおかしくなったように猛烈な勢いで機器に向かっていくと、コンソールに激突し、機器の一部がこっぱみじんに砕ける。かれの頸には突起物があり、そこで服がふくらんでいた。

「寄生生物から解放してやる」タウレクはいって、ツュリュトで戦争エレメントをうまくかたづけたハイパー衝撃インパルスを作動させた。しかし、なにも起こらない。ブルー族の寄生生物が塵《ちり》と化すことはなかった。

「カッツェンカットは前回の結果から、戦争エレメントの細胞構造を置き換えたのね」ヴィシュナがいった。

タウレクは無言でうなずいた。さしあたり、このブルー族のことはほうっておき、カタンズへの飛行をつづける。充分に接近すると、その場所と周囲をハイパー衝撃波でおおった。

「エネルギーのむだづかいだわ」ヴィシュナが自分の装置の表示に目をやり、いった。

「襲われた者たちはこの地域を引きはらっている。かれらがダジュイに着く前に捕まえなくては。まだ可能かしら？」

タウレクは長く考えることなく、住民五万のブルー族の町の近くに《シゼル》を絶対移動させた。そこで計測をおこない、結果に満足して確認した。

「襲われた者がグライダーより速い移動手段を持っていなければ、われわれのほうが先に着いたはず」

こう話したとたん、実際にカタンズの方角からくる一グライダーを探知した。これも牽引ビームでとらえる。二機のグライダーとともに《シゼル》で着陸すると、ヴィシュナとともに下船した。

襲われたブルー族の二名が仲間を見捨てて逃げだしたが、遠くまでは行けなかった。ヴィシュナとタウレクがそれぞれひとりずつ捕まえたのだ。寄生生物はヴィシュナたちが触れたとたん、塵となった。

「すくなくとも、新世代の戦争エレメントは完全に不死身というわけではないようね」

ヴィシュナが満足そうにいった。

「このふたりを見ていてくれ」タウレクはそういうと、身につけていた通信装置のスイッチを入れた。ポスビの周波に合わせてある。

ポスビたちはブルの命令にすばやくしたがい、生体プラズマ部分をブロックした第一集団の二万名を、もっとも危険な地域に配備していた。そのうち千名がカタンズの広域に分散している。第二集団の四万名もすでに招集にそなえていた。

「隔離地域をせまく制限してはいけない」タウレクはポスビの周波で伝えた。「戦争エレメントは急速にひろがり、封鎖地域の外側で宿主を見つけようとしている。カタンズの周囲、半径六十キロメートルを封鎖しろ。ダジュイの町は厳重警戒が必要だ」

話しているあいだに、かれらの頭上を中くらいの大きさのフラグメント船が飛んでいく。つづいてちいさい点のようなものが集団で降ってきて、正体はポスビだと判明した。空中で散開すると、鎖状になって、反重力フィールドで地面のすぐ上を浮遊する。

通信でタウレクは、ブルー族の政府も寝ているわけではなく、住民を守るための処置を講じているのを知った。襲われた地域は飛行や走行がくまなく禁じられ、ブルー族には外出禁止令が出され、異様な攻撃性を見せる者に遭遇しないように指示がまわった。「悪意ある災いが降りかかっている」政府のスポークスマンが公表した。「制御不能にならないように、市民ひとりひとりの協力が必要だ。未知の力が、平穏なブルー族を狂暴な存在に変えようとしている。自身を守るため、次の点に注意すること……」

その後、戦争エレメントについての説明があり、つづいて行動規則が伝えられた。

「生命の安全のため、銃の携帯は禁止する。武器を持っていると判明した場合、麻痺させられる。だれかに対して敵意ある行為をした者も同様だ。疑わしい者を避け、治安維持局に報告すること。これは、襲われた者を麻痺させるように指示を受けたポスビにもあてはまる。秩序を維持して感染を除去するためには、平静をたもつことも必要だ。パニックにおちいる理由はない。大勢で集まったり、騒ぎを起こしたりすれば、攻撃衝動の高まりの症状とみなされ、その煽動《せんどう》者は麻痺させられる。まだ戦争エレメントに襲われていない者は、集合場所におもむくこと。詳細な検査のあと、ポスビが隔離地域から避難させる……」

タウレクはこの呼びかけを聞きながら、両ブルー族のほうを向いた。ふたりは寄生生物から解放されて、体調も回復していた。

「わたしはキジューといいます」ひとりがヴィシュナから目をはなさずにいった。思慕する女ブルー族の理想像として彼女を見ているのは疑いの余地もない。「同胞を殺してしまいました」

「戦争エレメントにかりたてられた行為については、だれもその責任は問わないわ」ヴィシュナがやさしくいった。

「あなたがそういうなら信じます」と、キジュー。「デートしませんか？」

「またこんどね」

タウレクとヴィシュナは《シゼル》に入り、次の危険地域に向かった。通信で、ポスビの集団が出動地域に到達し、封鎖したと知った。しかし、戦争エレメントに襲われたブルー族によって隔離地域からはずれた疑いのある場所が一部のこったので、追加のポスビ集団が第二の封鎖リングを築くように指示された。

戦争エレメントがそれほど急速に拡散しなかった四ヵ所では、せまい範囲の隔離だけですみ、のこったポスビを危険な場所にうつすことができた。

べつの地域ではまたはげしい戦いがくりひろげられていた。とくに猛烈だったのは住民二万の都市ギリュチョだ。戦争エレメントがあちこちで巣食い、そこから急激に拡散した。襲われた者は武器庫を乗っ取り、ビーム銃を装備することに成功していた。ポスビは苦闘を強いられ、多大な損害を受けた。

タウレクとヴィシュナが《シゼル》で入ったとき、町は完全に封鎖され、戦争エレメントは境界をこえて外に拡散することはできなくなっていたが、内部は激戦で荒れ狂っていた。

タウレクは《シゼル》を町の中心の感染の真っただなかに着陸させ、戦争エレメントの攻撃を誘発しようとした。長く待つことはなかった。

ブルー族が女子供もふくめて三方向から押しよせ、《シゼル》に連続射撃を浴びせる。

「こんなみごとな餌があれば、戦争エレメントはあらがえずに食いつくはずだ」タウレクは笑った。「感染拡大衝動を満たすには、《シゼル》はまったく格好の道具だろう」

かれは四十名の者にパラライザーを発射した。攻撃の波が二度めに《シゼル》に押しよせたときも、同じように行動した。やがて戦争エレメントはそれ以上の攻撃をやめる。

タウレクは麻痺した者たちを守るため、その場全体にエネルギー・バリアを張った。

かれはヴィシュナとともに、ブルー族をひとりずつ寄生生物から解放していった。戦争エレメントは最後のひとつまで消滅させたが、そのうちの一体をタウレクは検査のためにのこしておき、問題が起きないよう脱出防止策を施して保管した。

七十名の麻痺したブルー族がまた動けるようになると、《シゼル》はかれらを収容し、町から飛び立った。

ブルの報告が入った。

「あなたが戦争エレメントにきびしく対処すると期待していたのだが」小言のようにいう。「襲われたすべての地域からの報告では、戦いにはほとんど進展がなかったということだ」

タウレクは、新世代の戦争エレメントが細胞構造を変更されていて、ハイパー衝撃波がまったく効果がないことを説明した。

「しかし、すぐに防御兵器は見つかる」タウレクは断言した。「すでにポスビが戦いの主要部分をになっているはずだ」

「まあな」ブルは短くいった。「状況もそれほどひどくない。たとえさらなる戦争エレメントがガタスに送られたとしても、より大きな密集地に入る道は見つけられない。ブルー族が広大な防御処置をおこなったから」

「戦争エレメントだけが相手なら、の話だ」災いを告げるようにタウレクがいった。

「忘れるな。カッツェンカットはほかのエレメントを行使してくるぞ。いまにもそれが投入されると、覚悟しなくては」

「われわれの使う戦力は、つねに警戒段階一だ」と、ブル。「それ以上できることはない。ほかのエレメントがあらわれないうちはな」

＊

ジュリアン・ティフラーは思った。この彷徨《ほうこう》は、ガタスを支配している騒ぎに特徴的なものだと。ここはまさに大混乱すれすれの状態だ。

まず《ラカル・ウールヴァ》からガタス中央政府に向かって転送機を使ったのだが、第五監視所ブロックで受け入れ部が用意されるかわりに、モルケックス・シティ宇宙港の税関に出た。

ハイパー空間へ永久に飛ばされずにすんでまだよかったと、安堵する。その後、転送機接続が使えるようになるまで長い時間がかかった。ようやく成功すると、こんどは転送フィールドから外に出られたものの、レジナルド・ブルと再会するかわりに、ブラッドリー・フォン・クサンテンに対面していた。《ラカル・ウールヴァ》の艦長だ。

「どうしたんです？」ブラッドリーは驚いた。「ずいぶん短い訪問でしたね」

ティフラーはふたたび転送機でガタス中央政府に入ろうとしたが、今回は税関ではなく、コズミック・バザールのロストックに転送された。本来そこではブルー族の使節団がくるのを待っていたのだが。

かれはその短い滞在時間を使って、とりあえず、ポスビと二百の太陽の星の状況について説明を受けた。次の試みでは、よりゴールに近いモルケックス・シティ宇宙港の管制塔を目的地に設定したが、満足できるほどは接近できなかった。

ブルー族の転送機技術者は、こんどこそ中央政府と接続できると確約したが、結局だめだったのである。

ティフラーはグライダーに乗りこんだ。接近して着陸している多数の宇宙船のあいだをジグザグに飛んでいると、とくに目についた一隻があった。思い違いではないことを確認するため、パイロットにたのんで接近させる。

それは直径百二十メートルの球型船だった。外殻は鈍く黒光りしている。

ハルト人の船だ、まちがいない！

ジュリアン・ティフラーは破顔した。これまでハルト人種族はきわめて抑制的で、GAVÖKに加盟することも決めかねている。そのため、ハルト人が船をすくなくとも一隻、ガタスに派遣したことが、とりわけ種族間をつなぐ証《あか》しのように感じられたのだ。

グライダーから主反重力シャフトにおりると、ティフラーは惑星地下施設に向かい、ほどなくして不安そうなレジナルド・ブルに会った。かれがあちこちに迷った話をしても、ブルは眉ひとつ動かさなかった。そして状況を話しおえたとき、ブルがこうした話に興味がないのがわかった。

「戦争エレメントのような一エレメントだけでこれほど困難を強いられるなら、十戒が全力を注《そそ》いできたらどうなることか」ブルは陰鬱な声でいった。「これまで遭遇していないほかのエレメントがどんな結果をもたらすか、ヴィールス・インペリウムはなにか助言していないのか?」

ティフラーはかぶりを振った。

「そうした情報はむしろタウレクのほうがくわしいでしょう」

「あのひとつ目は、ほかのエレメントについてはなにも知らないといいはるのだ」ブルはうなるように答えた。「だが、かれがすべての情報を出しきったとは思えない。どんなものだろうと、このようなゲリラ戦よりも表立って戦うほうがずっといい」

「指揮エレメントは宇宙戦に発展しないように用心しているのではないでしょうか」と、

ティフラー。「前線が複数ある戦闘になるなら、話はべつですが。しかし、宇宙戦について、われわれが恐れる必要はありません。強力な艦隊を使用できますから。コズミック・バザールがあれば、技術エレメントの巨船にも対抗できるでしょう。ところで、ハルト人はどうしていますか？」

「ハルト人がどうしたって？」ブルは驚いた。

「宇宙港でかれらの宇宙船を一隻見かけて、ブルー族の援助に派遣されたと考えたのですが」ティフラーは困惑した。

「正直なところ、ここでまだハルト人は見ていないが」と、ブル。「ブロック監視者のウーメにたずねてみよう」

しばらくかかってウーメ・アズュンとコンタクトがとれた。ハルト人についての質問に、かれはこう答えた。

「ハルト人はブロック監視者代表との会談をもとめたのですが、日程の合意にいたらなかったのです。この騒ぎですっかり忘れていましたが、わたしが知るかぎりでは、その後の連絡はありません。日程を決めたほうがいいでしょうか？」

ブルは不要だと合図した。

「ハルト人はときどき、とても気むずかしくなるからな。時がきたら、向こうからコンタクトがあるだろう」

4

かれらには擬態能力がある。

みずからのかたちを、どんな生物の姿にも変えることができる。自身のからだの数倍の巨人にもなれるし、数分の一サイズの小人にもなれる。

擬態という貴重な能力がかれらの最強の武器だが、同時に弱点にもなる。この能力のせいで臆病な性質になったからだ。

かれらは本当の姿を恥じるかのように、他者にけっして見せない。かれらが一ダースいたらたいてい、明らかに出自の異なる十二の多様な生物の風変わりな姿をしている。

それは、かれらが繊細すぎるせいだ。基本的に種族意識が強く集団を好む生物なのだが、同時に、それぞれが変わり者といっていい個性を持つ。

かれらには強い体臭がある。これは個体によって明確に異なるので、第三者に対面すると、においで正体を知られてしまう。

しかし、マーゲナンについての情報をだれが知っているというのだろう?

かれらはエレメントの十戒の第五列だ。

仮面エレメントである。

＊

二名は屈辱を味わわされた。

長いあいだ、それについて話すのを恥じていたが、目的地に到達し、フェルト星系に入ると、ようやくこの話題を思いきってとりあげはじめた。

「まだかれの監視はつづいているだろうか、タトクス？」一名がたずねた。

「それはつねに計算に入れておかないといけない、アチョトス」もう一名が答える。

「われわれ、なんとか浄化をはじめられるだろうか、タトクス？」

「最難関の部分を終えて着陸するまで待とう、アチョトス」

小型の黒い球型船はフェルト星系に進入し、第五惑星にコースをとった。ガタスに接近してようやく、身元確認の要請があった。

「われわれ、ハルト人の使者だ」二名は通信で返した。「ハルト人種族の代表としてトコ・タトクとクムル・アチョトが選ばれ、ブルー族の支援にやってきた。着陸許可をもとめる」

許可はあたえられたが、着陸機動のさいに方向を確認するための周回軌道への誘導ビームが送られるまで、かなり時間がかかった。

正方形の着陸スペースを指示される。

「出動準備をととのえるため、ガタス政府との面会は先延ばしにしないといけないな、タトクス」

「浄化のための時間も必要だ、アチョトス」

だが、しばし船内にとどまるための口実など、まったく無用だった。着陸しても、だれも注意を向けてこない。ブルー族はこちらのことを早急に忘れてしまったかのようだ。

「われわれ、やれるんじゃないか、タトクス？」

トコ・タトクはうなずいた。

堂々とした四本腕の両ハルト人の姿が、文字どおり戦闘服ごと溶けた。かれらは精神の力のみによって人間程度の大きさにまでからだを縮小させ、真実の姿になる。鼻面が突きだした頭部は齧歯《げっし》類動物のそれのようだ。手足は退化した翼と鰭の中間のようなかたちをしていた。

「わたしは自分の体臭を、夏至の夜に向けて欠けていく第三の月に捧げた」ハルト人トコ・タトクと名乗っているマーゲナンがいった。

「わたしの体臭は、しずかな海に沈む恒星に向かって吹く北風だ」と、もうひとりがマーゲナンとしての名前を名乗った。

これで二名は友となり、ともに敵勢力と戦う同志となった。これまでたがいに関係はまったくなかったのだが。

兄弟の儀式が終了すると、二名はハルト船をもとのかたちにもどしはじめた。

擬態儀式を正式に完了するためには、本来は船全体を新しくつくりなおす必要がある。しかし、当然の理由から、それはかなわなかった。儀式を船の別セクターへとひろげることすらできない。超越エレメントと時間エレメントが船内にいるからだ。

そのため、司令室だけでがまんすることにした。

すぐに、ハルト人の技術を感じさせるものはなくなった。変形させた素材は、見栄えのしないグレイの、かたまった溶岩を思わせる塊りになる。

マーゲナン二名はかたちを失った物体の上をなめらかに移動し、可変分泌液をしたたらせた。この過程に時間をかければかけるほど、エクスタシーが高まり、可変腺の働きが活発になるのだ。そうすると、塊りをかたちづくるのに重要な構成要素である分泌液が増加する。

このあと、マーゲナン二名は疲れはてたようだった。しかし、それは肉体的な疲労だけだ。精神は活発になっていて、パラメンタル的にとてつもない緊張状態にあり、いつでも爆発しかねない。

マーゲナンたちは精神力を解放して、造形用の塊りからハルト人の司令室をつくりあげた。同時に自身もハルト人の姿になっていく。

「タトクス、感謝する」

「アチョトス、感謝する」

二名は休息期間をとり、そのあいだに流動食だけでエネルギーを蓄えた。擬態儀式の緊張から回復したとたん、カッツェンカットがゼロ夢から連絡してきた。

聖なる行動をひそかに監視していたのだろうかと、二名はそれぞれ自問した。しかし、カッツェンカットはそれをまったく感じさせなかった。

指揮エレメントはテレパシーで二名に伝えた。

「任務はガタスの中央政府に対する攻撃だ。きみたちだけなら、今回のような仮面があれば、むずかしくないだろう。しかし、時間エレメントと超越エレメントも同行させるのだ。かれらの援助があれば、第五監視所ブロックを占領し、そこにいる指導者たちの力を阻止することができる。それだけが重要だ。ブルー族だろうがテラナーだろうが、指導者たちを無害な存在にしなくてはならない。だが、超越者とクロニマルがつねに指示を必要とするのは忘れるな。かれらには決断力はない。わたしはほかの前線にも行かなくてはならないから、ずっとそこを見ているわけにはいかない。きみたちにもさらなる責任を負ってもらう。指揮エレメントの代理をつとめるのだ。さ、敵の本拠に侵入せよ。見ているから」

宇宙港は夜だった。

「夏至の夜ではなく、第三の月もないが、わたしの出番だ」トコ・タトクがいった。

「まかせる」クムル・アチョトがはげました。

トコ・タトクは、超越エレメントが収容された貨物室を探し、深紅の太ったミミズ生物一匹を下の両腕で持ちあげると、船をはなれる。

カッツェンカットがいると思いこんでいたが、その存在に気づくことはなかった。超越エレメントもしずかにしている。

ハルト船の影になった場所は平穏だった。なにも動かない。タトクは超越エレメントを地面におろし、その姿がカッツェンカットに見えるようにした。

宇宙港のどこにでもある柱状のヴィデオカム装置に行って、警報ボタンを押す。前もってアチョトとともに、このような場合、なにが起きるか観察していた。まず走行ロボットがやってきて原因を探る。警報を発した者が見つからなければ、ロボットはボタンをもとにもどして、またいなくなる。そのあとすぐにブルー族の地上勤務員が二名あらわれて、個々の処置をする。

そのとおりの展開になった。ロボットが姿を消すと、タトクは超越エレメントをヴィデオカム装置のわきにおいた。

ブルー族が二名やってきた。深紅のミミズを見ると、タトクの知らない母語でなにか大声で話しはじめる。しかし、すぐに黙りこみ……宙に消えたように見えなくなった。

超越エレメントが二名を、楽園のような状況がひろがるべつの平面に送りこんだのだ。だが、このわずかな時間のあいだに、タトクは二名のうち片方の姿を充分にとらえた。カッツェンカットがゼロ夢から監視しているかどうかは、いまは気にならない。重要なのは第二段階の擬態だけ。べつの姿になるのだ。

カッツェンカットがコンタクトしてきた。ブルー族について知っておくべきことをタトクに伝え、かれのこんどの役割を説明する。指揮エレメントはブルー族がべつの存在平面に送られる前に、その精神から情報を引きだしていた。

タトクはこんどはキュリュムという名前になった。あらたな音声器官でこの名前を流暢に発音し、仮面の下で感情を動かされることなく受け入れる。マーゲナンにしてみれば、それは侮辱的な名前だったのだが。

キュリュムは背が高いブルー族ではなかったが、宇宙港と中央政府上層部の配線図がある制御室に出入りできる権利を持っていた。

それで充分だった。

キュリュムは制御室に向かう。べつのブルー族から同僚の行方についてたずねられることはなかった。また、かれが自身の持ち場でデータを次々と呼びだしているのを見ても、だれも気にしなかった。かれがもっとも関心があるのは、本来の第五監視所ブロックの上にある、惑星地下施設の最上階のデータだ。

すぐに、知るべきことをすべて記憶に刻みこんだ。

「おい、キュリュム！」べつのブルー族から声をかけられた。「眠っているのか？　きみの地域でまたおかしなやつが警報を鳴らしたぞ」

「いま向かう」キュリュムはいって、持ち場をはなれた。タイミングのいい呼びかけだった。警報の場所に向かうかわりに、超越エレメントを置いた場所にもどる。超越者はブルー族二名を楽園領域から呼びもどしていた。二名は自分たちになにが起きたのか気づかないまま、そこを立ち去った。まさに幸福な生き生きした気分で。

ブルー族キュリュムからハルト人トコ・タトクにもどると、かれは超越エレメントを腕にかかえて船内に入った。

「大胆にやったな、マーゲナン」カッツェンカットがあざけるように通信してきた。「勇気のなせるわざか、あるいは、わたしが監視していると知っていたからか」

タトクは同志のもとにもどると、こういった。

「またきみのところにもどれてよかった、アチョトス。だが、とりあえず探していたものは見つけたぞ。着陸床のすぐわきに、いまは使われていない搬送シャフトがある。それを使って、われわれは超越者とクロニマルを運ぶことができる。かれらをしばらく置いておけるかくれ場も確認してある。それでもこの計画は、考えているより困難なものになるだろう」

　クムル・アチョトはしばらく硬直したようになっていたが、こういった。

「カッツェンカットがいなくなった」

「かれは指揮エレメントだ。ほかの部分に注意を向けているにちがいない」と、タトク。

「だが、われわれは船内にいれば安全だ」

「ブルー族がハルト人の存在を思いだして、われわれを呼びだしたらどうする？」

「そうなったら要請にしたがおう。出動場所を偵察しておいて損はない。勇気を出すだけだ、アチョトス、カッツェンカットがともにいる」

「われわれの擬態は完璧だしな」

＊

「キュリュム！　アチョク！　どこをうろついていたんだ？　果実などつまんでいないで、きみたちの持ち場の警報を調査してくれ」

「果実？」キュリュムが不思議そうにいった。「われわれが持っているのは、もっといいものなんだが」

「たしかにアルジェミンツェのにおいがしたぞ」

「ばかな。あれはキチュズゲのにおいで……」

「カジュカだ！」

「おい、それがいったいどうした？」キュリュムはブルー族たちの会話を中断し、「われわれ、そろそろまた任務にとりかかったほうがよくないか」

「先に教えろよ、どんな果実を食べたのか。ついさっき、きみがひとりでいたとき、キチュズゲのにおいがした。それとも、カジュカだったのか？」

「好きなように解釈してくれ」キュリュムは明るくいって、友アチョクと警報を調べに向かった。

5

かれらはグルウテと呼ばれる。

人工生物、有機ロボットだ。技術エレメントによって望む数だけ生産される。T字形で、全長百メートルのからだの上部に二十メートルまでの長さの横桁が一本あり、後部は尾のように細くなっている。透明の肌を通して脈動する一連の器官が見える。無数にある体毛は探知およびエネルギー吸収に役だつ。

かれらはあらゆるエネルギーを貯蔵し、それをビーム兵器のようなやり方で、横桁にある六つの半球形器官からふたたび放出することができる。ただ、重力に対しては抵抗力が弱いため、天体の付近は避けている。

かれらはリニア飛行が可能だ。

〝影の織物師〟、〝緋衣の歌い手〟、〝側面の余韻〟など、詩的な名前がついている。時代錯誤な名前だが、それ以外の面ではきわめて論理的な性格だ。

グルウテは空間エレメントである。

＊

カッツェンカットは、ハルト人に擬態したマーゲナン二名が達成したことに、まずまず満足していた。しかし、ハルト人はこれまでたいして当てにされていなかったにちがいない。だれもかれらの宇宙船に注意を向けず、ブルー族にも忘れられたかのようだ。だからかれらは、超越者とクロニマルをすこしずつ惑星地下施設へ運ぶことができた。

反対に、べつの前線ではゼロ夢見者の満足するような展開にはならなかった。ガタスに送られた戦争エレメントはたしかに十一の地域を支配したが、敵の動きはすばやく、エレメントはそれ以上ひろがることができなかった。

戦争エレメントは隔離されている。数千名のブルー族を襲って支配したものの、敵はポジトロン生体ロボットのポスビを動員していた。このポスビは有機構成部分を作動停止していたため、戦争エレメントは手出しができなかったのだ。

「ガタスの敵の力を抑制するため、さらなる戦争エレメントが必要だ」カッツェンカットは技術エレメントにもとめた。

かれはフェルト星系の付近にいる巨大船《マシン》の五隻に命令をくだし、同時にグルウテとヂャンの動員を準備した。

さらに、精神エレメントを、その一時的な滞在場所である《マシン八》から空間エレメントにもどした。グルウテがヂャンを受け入れると、かれはそれをフェルト星系に送り、そのあとを追った。

数千体のグルウテがりっぱな隊列を組んでいる。各グルウテがそれぞれ、一ヂャンの精神を自身のなかに宿していた。

そろそろ宇宙空間からも敵を攻撃するタイミングだ。ギャラクティカーはすでに技術エレメントの巨船を探知したにちがいない。その危険に対してはすでに準備しているだろう。

しかし、空間エレメントおよび、のちに登場する精神エレメントの投入は、かれらに不快な驚きをあたえるはず。しかけられた攻撃に相手がどう対抗してくるか、カッツェンカットは楽しみだった。

ふたりのコスモクラート、タウレクとヴィシュナは、エレメントの十戒についてどんな情報を持っているのだろうか、と、かれは自問した。しかし、すべてのエレメントについての情報を得ているとは考えにくい。

「わたしはともにいる」カッツェンカットはグルウテとヂャンに伝えた。「初の大規模宇宙戦に同行する。最初の攻撃は空間エレメントが披露することになる。敵は集結し、その攻撃に合わせて隊列を組むだろう。そのときはじめて、精神エレメントが介入するのだ。おちつけ、ヂャン。攻撃の合図はわたしが出す」

技術エレメントから通信が入った。

「さらなる戦争エレメントをガタスの三十カ所に送りこみました」アニン・アンが報告する。「ですが、ブルー一族は武装をととのえています。ほとんどの戦争エレメントは到着後すぐに発見されて、拡散が制限されました」

カッツェンカットはゼロ夢でガタスに向かった。ブルー一族自身が戦争エレメントにおろすのは不可能となったが、それで充分だった。ブルー一族が戦争エレメントに対して無力だったせいで、ポスビを何度も追加要請することになったからだ。これですくなくともポスビは惑星に足止めとなり、間近に迫る宇宙戦にくわわることはできない。

ほどなく戦争エレメントは惑星ガタスのほぼ四十地点にひろがり、一万名のブルー一族を支配した。かれらはポスビに苦闘を強いた。

タウレクはまだ新世代の戦争エレメントに対して、効果的な方法を見つけられていない。

カッツェンカットはまずまず満足した。

そこでまた、リニア飛行を終えてフェルト星系にまとまって入ったグルウテにとりかかった。かれらは楔形編隊を組んでいる。それが敵の艦隊から探知されると、カッツェンカットは、三つの楔形に分散するように命令し、それぞれの指揮官に影の織物師、緋衣の歌い手、側面の余韻を任命した。

グルウテはどの個体も同じなので、とくに意味はない。この三体を引きたてたのはゼロ夢見者の気分だった。かれらの名前が気にいったのだ。

ちょうど攻撃命令をくだそうとしたとき、コンピュータの警報が鳴って、かれはゼロ夢から《理性の優位》船内にもどされた。じゃまが入ったことに立腹しながら、カッツェンカットは、ゼロ夢から引きはなすほど重要だとコンピュータがとらえた報告がどんなものなのか、注意深く聞いた。

棺桶星系にまた〝かくれた斑点〟の現象があらわれたのだ。そのポジションでは空間が硬直し、文字どおり〝かたまって〟恐ろしい圧力が生じている。

だが、カッツェンカットはいまはこのデータの詳細に注意を向けなかった。今後の展開を注視するよう、テレパシーで船載脳に指示すると、またゼロ夢にもどった。

フェルト星系に入ると、空間エレメントに向かって攻撃命令をくだした。

＊

「未知飛行物体の群れを探知。大きくはありませんが、その数は数千にのぼります！」

この警報がブラッドリー・フォン・クサンテンにとどいたのは、アンティのタチョ・バルと交渉していたときだった。

ブラッドリーの《ラカル・ウールヴァ》ひきいる艦隊は、ガタスから一千万キロメートルはなれたポジションにいて、銀河中枢部に対する防衛リングの最外縁を築いていた。右側面にはGAVÖKの混合部隊がそろい、左側はさまざまなブルー族の円盤艦がならんでいる。

タチョ・バルはわずか二十隻の球型艦からなるアンティ艦隊の最高司令官だ。

「これ以上の艦船を派遣できる状態にはないのだ」タチョ・バルは説明した。「わが種族はたった数百隻からなる、とるにたりない艦隊しか持たず、しかもそれらは銀河系全体に分散している。二十隻では、宇宙戦には充分といえまい。したがって、われわれ、LFT艦隊にくわえてもらおうと考えている」

ブラッドリー・フォン・クサンテンは異議を唱えなかったが、タチョ・バルは平然とは受け入れられないいくつかの条件を出してきた。多様な乗員がいるGAVÖK部隊のなかで、バアロル……アンティの自称だ……が完全に指導的な立場に立つことと、《ラカル・ウールヴァ》艦隊の一部をアンティ艦隊の指揮下におくことをもとめたのだ。

この話は、警報によって無用のものとなった。

「すまないが、タチョ・バル」司令コンソールに向かいながらブラッドリーはいった。

「きみたちがわたしの命令下に入るか、あるいは、このままの関係をつづけるかだ」

「では、ジュリアン・ティフラーと話したい」アンティは臆することなくいった。

「首席テラナーはまだガタスだ」ブラッドリーは答えた。「だが、帰ってきても、かれにはきみと交渉するよりもだいじな用事がある」

アンティにつきまとわれながら、ブラッドリーは司令コンソールに立ち、周囲を見まわした。探知スクリーンに楔形編隊で飛ぶ小型飛行物体の群れがうつる。さらに詳細なデータを確認しようとすると、群れは三つに分散した。

「ガタスに報告を」ブラッドリーは指示した。「ジュリアン・ティフラーに、指揮をとるかどうか、決断してもらわなくては」

スクリーンの拡大表示によって、飛行物体がT字形でいずれも長さは百メートルほどだとわかった。

「あれは宇宙船だろうか、それとも生物なのか？」探知士がいった。「わたしの計測データに間違いがなければ、あの物体は有機的な性質を持つようだが」

「あれは有機的な飛行物体だ！」べつの者が確認した。

ブラッドリーは《ラカル・ウールヴァ》指揮下の三千四百隻にボックス隊形をとるように指示して、飛行物体の接近に向けて待機した。

その後、GAVÖK部隊およびブルー族艦隊の指揮官とコンタクトをとり、三つの群れすべてが敵の部隊だということで意見が一致した。

《ラカル・ウールヴァ》は三千四百隻の艦船の先頭となり、防御バリアをセットして、T字形物体の中央部隊を待った。

ブラッドリーは未知飛行物体の眺めに魅了された。

「鳥か魚の大群が接近してくるかのようだ」だれかがブラッドリーの思いを代弁している。「真空空間のなかを泳ぎ、リズムに合わせてからだを揺り動かし……」

「もういい！」ブラッドリーは不平をいった。「この光景にだまされるな。かれらがなんであろうと、われわれには未知の脅威となる。身元確認要請についての答えはあったか？」

「無反応です！」

予想どおりだった。この飛行物体がエレメントの十戒に関わっているなら、呼びかけに応えることを信じても無意味だ。

「警告射撃をしよう」ブラッドリーは決断した。「ほかの船は攻撃準備を」

かれは火器管制センターに攻撃の合図を出した。すぐに《ラカル・ウールヴァ》から楔形集団の先頭のT字形物体に向かってビームが発射され、すれすれのところで回避した。T字形物体はコースを変えることなく前進している。

一瞬のあいだ、なにも起こらなかったが、そのあと急速に事態が展開しはじめた。突然、ブルー族艦隊の集結区域で無数の光が爆発的に生じて、T字形物体の集団が閃光につつまれたのだ。ほとんど同時にGAVÖK部隊も攻撃に出た。

「ブルー族が、われわれの警告射撃を攻撃開始の合図と受けとめたようです！」だれかが大声をあげた。

　ブラッドリーにはそれについて怒っているひまはなかった。いまや敵物体も応戦してきたからだ。かれはさらに、敵の〝船首〟にある横桁のような部分の六カ所が光るのに気づいた。つづいて魔のエネルギー攻撃が襲いかかる。

「全艦船に告ぐ！　攻撃開始！」かれは命じた。

　敵の飛行物体は信じがたいほど敏捷《びんしょう》だった。特殊なセンサーがあるかのように、銀河系諸種族の攻撃をかわしている。うっとうしい昆虫のようにこちらの艦船に群がり、個別射撃を浴びせはじめた。

　この結果、ＧＡＶÖＫ船とスプリンガーの転子状船が二隻、ブルー族の円盤艦が一隻、それぞれ犠牲になった。

　宇宙戦はますます拡大し、巻きこまれる艦船の数も増えて、見通しのきかない状況になってきた。

　ブラッドリーは探知スクリーンを観察し、いくつかのＴ字形物体が直撃ビームを受けて燃えあがるのを見つめた。しかし、相手は爆発しない。輝きを強めていき、文字どおり膨張した。エネルギーを好きなぶんだけ吸収できるかのようだ。

「ありえない」ブラッドリーは驚いた。「攻撃を強化せよ！　そうすればわかる……」

「それは自殺行為です！」

この警告は三千隻ある二百メートル級の一隻から発せられた。ブラッドリーはスクリーンでそれを確認できた。ビームを受けたことによってエネルギーを蓄えたT字形物体が、スター級球型艦の防御バリアを攻撃するのが見える。はげしい爆発音とともに球型艦の防御バリアは崩壊し、解放されたエネルギーが外殻の上にひろがった。

「はじめての損害だ！」

「命中しました！　もう一発！　さらにもう一発！」火器管制センターが報告する。

三つのT字形物体が《ラカル・ウールヴァ》の搭載砲のビームにとらえられた。だが、破壊されることはない。あいかわらずコースをたもち、速度をあげて大型艦を攻撃している。

「防御バリア強化！」ブラッドリーは命じた。

次の瞬間、衝突が起きた。《ラカル・ウールヴァ》は揺さぶられたが、防御バリアはもちこたえた。

ブラッドリーは安堵の息をついた。

「なにか対策をとらなくては。この飛行物体には驚くべき貯蔵能力がある。受けた攻撃のエネルギーを吸収し、衝突のさい爆発的にいっきに解きはなつのだ。われわれだけを破滅に引きずりこもうとして、みずからも破壊されるわけだが、そんなことは気にしていないようだ」

ブラッドリーは作戦を変えることにした。艦隊の全艦船に指示を出し、敵の飛行物体をよけて距離をたもって攻撃させる。

これによって宇宙戦の範囲は拡大し、戦闘が長引くことになるが、こちらが受ける損害を減らすチャンスも増える。自殺行為では容易に目標を達成できそうにないからだ。

結果的にかれは正しかった。ブルー族艦隊とGAVÖKは相《あ》いかわらずダメージをこうむったが、一方、LFTの艦船で損傷を受けた数はかなりすくなくなった。左右の側方に展開する部隊にそれを伝えると、かれらもこの作戦をとった。

こうして身動きのとれない膠着《こうちゃく》状態がはじまった。防御戦術ではT字形物体にほとんど損害をあたえられないからだ。かれらは何度も狙い定めて攻撃をくりかえし、銀河系諸種族の部隊にひどい混乱がひろがった。

このときジュリアン・ティフラーが《ラカル・ウールヴァ》艦内にもどってきて報告した。

「このT字形物体は空間エレメントだと、タウレクは確信している」

「で、どのように戦えばいいか、コスモクラートは教えてくれなかったのですか？」ブラッドリーがいった。「あのエレメントを始末できる武器があるでしょう」

「タウレクはわからないといっていたが、きっと見つけるだろう」と、ティフラー。「ただ、いまはガタスに足止めされている。戦争エレメントをかたづける方法を発見するのが先決なのだ。空間エレメントに関していえば、まだひどく驚かされることがあるかもしれない。タウレクは、空間エレメントがべつのエレメントの搬送体だということを懸念していた」

「それだけではない」うしろから暗い声がした。

声のほうをジュリアン・ティフラーが振りかえると、そこにはアンティがいた。

「タチョ・バルです」ブラッドリーが紹介した。それから、影のようについてくる二十隻からなるアンティ部隊の指揮官に、「いまのはどういう意味だ？　T字形物体がどんなエレメントを運んでいるか、なにか知っているのか？」

「エレメントの十戒については知らない」アンティがいった。「だが、精神で感じるのだ。この船になにかが侵入しようとしている。まだ成功していないが」

「それはなんだ？」ブラッドリーは信じられないというようにたずねた。

アンティは、わからないというしぐさをした。

「軽くコンタクトしただけなので。ただ、メンタル性の強い破壊力だということはわかる。わたしはいまから、部下たちに警告するために自艦にもどる。どのみち空間エレメントに対しては、われわれの数すくない部隊ではなにも対処できないだろう」

アンティはもどっていった。ジュリアン・ティフラーは考えこみながらかれを見送ったが、引きとめようとはしなかった。

「これまでの体験は、つづいて起きる驚くような事件の先触れにすぎない」ティフラーがいった。「エレメントの十戒がまとまって行動に出たら、きびしい時間が間近に迫ることになるだろう。総攻撃はいつまでも先延ばしにできない。フェルト星系に技術エレメントの巨大船が五隻、接近している。ブリーとわたしは憂鬱ながらも、コズミック・バザール三隻を送りこむことを決断した」

説明が終わるか終わらないかのうちに、あらたな凶報が司令室に入ってきた。

複数の艦船から説明できない損傷についての報告があり、そうした報告が続々と増えていく。

「T字形物体がまったく新しい武器を投入したのは明らかです」ひとりの船長が推論を述べた。「狙い定めた行動にちがいありません。意図的な制御のもと、忍びよる破壊をおこなっています」

〝忍びよる破壊〟という言葉はすぐに定着し、宇宙船の全乗員にとって恐ろしい化け物のような存在になった。空間エレメントと戦っていた三艦隊からの艦船すべてが、その現象に襲われている。しかし、統計によると、種族が混合しているGAVÖKの艦船では被害をまぬがれることが多いとわかった。だが、最初はこの点に注意を向けられることはなかった。

「この忍びよる破壊をどう説明すればいいのか？」と、ブラッドリー。

はっきりした答えは返ってこない。そのとき突然、壁がばらばらにされるような音が司令室に響きはじめた。実際に一カ所、仕切り壁が崩壊する。通信機は巨人のこぶしによって打ち壊されたかのようになった。

「わたしはこれまで化け物など信じたことはなかったんだが」ブラッドリーが放心状態でいう。どこからか、ひずんだ笑い声が聞こえてきた。

6

かれらは純粋な精神で、肉体を持たず、目にも見えない。

その出自はチャン種族だ。だが、精神化によって上の段階に進化するのではなく、一歩後退した。統合されて複合意識になるかわりに、個々の……好戦的で、悪意と憎悪に満ちた、攻撃的な……意識がそのままのこったのだ。かれらは生命を持たない物質を搬送体として使う。しかし、それらの分子構造を転換することもできるのだ。

かれらを見くびる者に災いあれ！　かれらを無害で遊び好きな小人だと思っていたら、すぐにわかるだろう。実際は猛《たけ》り狂ったバーサーカーなのだと。

エレメントの十戒のなかで、かれらはかならず騒動を引き起こす。つねに指揮エレメントの見張りが必要だ。

精神エレメントである。

＊

「緋衣の歌い手よ、緋衣の歌い手。きみに乗っているのはだれか、わかるか？」ヂャンが搬送体にたずねた。

「騒々しいヂャン……〝大騒ぎヂャン〟だな」グルウテが答える。

「側面の余韻に乗っているのは？」

「〝不作法者〟だ。側面の余韻は苦しめられている」

「影の織物師に乗っているのは？」

「〝かんしゃく持ち〟だ」

大騒ぎヂャンはくすくす笑った。自分の搬送体が肉体的に苦痛を味わうことになるのがおもしろいのだ。ようやく散開して冒険に出発できると思うと、うれしかった。このグルウテとともにすこしばか騒ぎをしたかったが、指揮エレメントが見張っている。こう注意されたのだ。

「よけいなことはするな。十戒の一員でいるかぎり、おまえたちは礼儀正しく行動しなくてはならない。できなければ、追放する」

この言葉は効果てきめんだった。どのヂャンも十戒からの追放の意味はわかっている。からだを持たず、むきだしの精神しかない者は、ヂャンの気持ちがわかるだろう。精神にとっては搬送体がたよりだからだ。

しかし、ネガスフィアには、どんな物質もまったく存在しないゾーンがある。闇と虚無からなる牢獄だ。ギャンにとって、これほど恐ろしい場所はなかった。

「散開の合図があるまでは、搬送体にとどまるのだ。遊び場を用意してやるから」

指揮エレメントはそうもいった。どのギャンもずっと認めている唯一の権威者だ。

「もうすぐだぞ、不作法者！」

「ようやく、ようやくか！」

「アニン・アンのところで宿舎に入るなんて、まったく退屈だったな」

飛行が長くなるほど、ギャンはますます騒々しくなっていった。もちろんグルウテはそれを感知して、苦痛をおぼえる。しかし、その後、目的地に達した。

大騒ぎギャンの興奮に、緋衣の歌い手のからだは痙攣《けいれん》した。

「早く出ていってもらいたいんだが、指揮エレメントが監視している」

大騒ぎギャンは怒り、当然、そのこみあげる憎悪を搬送体も感じた。しかし、どうしようもないではないか？　グルウテたちが戦うことを許されているのはよかった。おかげで全能力を発揮することができる。

エネルギー嵐が宇宙空間を吹き荒れ、いたるところが破壊されていた。大騒ぎギャンは不作法者から聞いたのだが、かれの搬送体は直撃ビームを受け、手に入る全エネルギーを吸収して自己破壊したという。

側面の余韻は、狙い定めた目標に襲いかかって爆発したらしい。それが消え失せる前に、乗り手である不作法者は逃げだしていた。粒子から粒子へと急ぎながら宇宙空間を横切り、敵の一物体に向かっていき、凝集物質でできたその長い物体のなかにもぐりこんだようだ。

これを大騒ぎチャンはうらやましく思った。だが、指揮エレメントの許可を得られないかぎり、あえて自発的に行動することはしない。

グルウテが次々に死んでいく。そして明確になったのだが、乗り手のチャンたちはみな敵の物体に脱出していた。もぐりこむためのべつのグルウテを探すことをせずに。

大騒ぎチャンはひどくいらだち、がまんも限界だった。

このときようやく要請があった。

「自分たちの遊び場を探せ、チャン。気の向くまま、荒れ狂うがいい。好きなだけ破壊しろ。モジュールも分子もいっさいのこすな」

チャンにとっては二度いわれるまでもないことだ。しかし、好きなようにしていいという許可がとどくのが遅すぎた。緋衣の歌い手は巨大な敵物体の照準に捕らえられ、エネルギーが過充填状態になっている。グルウテはまちがいなく、破壊行為の流れで敵に襲いかかり、せめて損害でもくわえようとするだろう。

そのとおりになった。しかし、緋衣の歌い手は敵の巨大宇宙船になにもできないまま、エネルギー・シールドのもとに消えてしまう。それはいいほうにも作用した。大騒ぎチャンがやりがいのある目的を見つけたからだ。膨大なエネルギー放出の瞬間を利用して、敵船の防御バリアを一時的に不安定なものにし、構造亀裂から侵入したのである。

巨大船に入り、騒ぎながら急いで通り抜けていく。

そこで思いがけず障害物にぶちあたった。

はげしい一撃を受けて、文字どおりうしろにはじきとばされる。ようやく回復したと思うと、またべつのエネルギーを受けた。

大騒ぎチャンは経験豊富だったため、自分によく似た種類の精神存在がいるとわかった。しかし、ヂャンではない。これほど自分を痛めつけられるのは、肉体を持つ者で、きわめて異質な精神の持ち主だ。十戒の側にいるのではなく、敵である。

大騒ぎヂャンは可能なかぎり後退した。まったく行動不能にされてしまい、しばらくのあいだ、閉じこもった状態から外に出ようとしない。

しかし、しだいにおちつかなくなってきた。ヂャンというのは、長いあいだなにもせずがまんすることはできない。動きたいという衝動にかられるのだ。

もはや耐えられなくなったとき、かくれ場から用心深くゆっくりと物質に向かっていった。

抵抗はなかった。さらに勇気を出して、進んでいく。未知の精神はすでにいなくなっていた。

はじめはそれが信じられなかったが、しだいに確信に変わった。この遊び場に敵対者はおらず、好きなだけ暴《あば》れることができる。

思うぞんぶん動きながら、すばやく巨大な球状構造物の中心をめざす。仕切り壁のひとつに向かっていき、それを倒した。常軌を逸したコースを動いて手当たりしだいに機器にぶつかり、それらをただのへこんだ金属塊にした。

お楽しみはこれからだ。

かれがこの巨大な敵物体をスクラップにするのを阻止できる者は、はるか遠くまで探してもいないだろう。

*

《カリボ》はもはや、もちこたえられない。

この二百メートル級は幽霊船になっている。残骸に埋もれた司令室は機能停止した。ほかの部隊との連絡には、携帯用通信機か宇宙服の送信機を使うしかない。

「よし、スクラップの山から退却しよう」船長のグリーン・ウォーロックは決断した。いつ外殻が壊れるかわからず、乗員はみな宇宙服を着用している。

かれはとっくに撤退計画を考えて、乗員たちをさまざまな搭載艇やスペース＝ジェットに分散させていた。すくなくとも船が破壊される前に、かれらを救おうとしたのだ。

「万一の場合にそなえて、宇宙服をしっかり閉じておくように」と、最後にいい、《カリボ》をあとにする。

へこんだ壁から物音が聞こえた。意地の悪い笑い声のようだ。目に見えない力による破壊行為がはじまってから、ずっとつづいている。ウォーロックは思わず声がしたほうを見たが、もちろんなにも見えなかった。

宇宙服を閉めたとき、頑丈な物質が突然に裂け、同時に左袖がばらばらになった。まるで分子破壊されたようだ。

ウォーロックは走りはじめ、携帯用通信機でほかの者たちに警告しようとした。しかし、言葉を発したとたん、通信機は手のなかでかたちのない塊りになる。かれは惑わされることなく走りつづけ、格納庫にたどりついたが、すべての飛翔戦車が破壊されているのを確認することになり、愕然とした。到着したほかの者たちも落胆している。全員の宇宙服はぼろぼろになってからだにはりついたり、すでに消滅したりしていた。

ウォーロックは上の格納庫に向かおうとした。スペース＝ジェットか駆逐機の一機だけでものこっていないかと願ったのだ。しかし、このとき、副長がエアロックからやってきて、首を振った。

「まだ負けたわけではありません」まだ作動する通信機を持った一乗員が大声をあげた。「アンティの艦がいます。われわれ、収容してもらえるのでは」

「アンティをこさせるな」と、ウォーロック。「さもないとかれらもやられてしまう」

その乗員はアンティ艦にメッセージを送った。明らかに、かんたんにはいかなかったが。それでも、だれがよろこんで犠牲的な死など受け入れるものか！

「あいにくですが」かれは応答を得ると、安堵していった。「アンティはわれわれを救助すると主張していますよ」

すぐに外側エアロックが騒がしくなり、ハッチが開く。アンティの設置した接続チューブを通って、かれらは移乗することができた。アンティ艦の設備が無傷なのを確認して、ウォーロックはひどく驚いた。

「なぜ、われわれを破壊した力はここまで追ってこないのだろう」かれは不思議そうにいった。

「これまでバアロルの乗る艦がそのような力に攻撃されたことはない」と、答えがあった。「そんな力が存在することさえ、気づかなかった」

「それはすごいことかもしれない！」ウォーロックは思わずいった。「報告しなくては。すぐに《ラカル・ウールヴァ》との通信が必要だ」

7

アニン・アン種族はずっと技術に専念してきた。エレメントの十戒にくわわるはるか以前から、すでに長いあいだ、かれらはこの領域を完全にものにしていた。その発展において、かなり高度な段階まで進んだため、有機的な存在であることに別れを告げ、自身の肉体を機械に変えた。

いまは完璧なサイボーグだ。

十戒の一員として、かれらは技術的才能を完全に開花させている。必要な道具はすべて使えるし、その発明家魂に限界が設けられることはない。《マシン》の名を持つ巨大宇宙船は飛ぶ城塁であり、各種の武器や戦闘手段を量産する強固な工廠《こうしょう》だ。かれらが戦争エレメントを構想し、空間エレメントをつくっている。

技術の天才ではあるが、芸術的な野心はない。なにもかも最終目的をめざしている。かれらには厳密なランク別制度があり、十七のカテゴリーに分かれている。最高位のカテゴリー一になると、優美で繊細なロボット体を持つことが認められる。ランクが低くなるほど、それに要求される中程度の作業に見あった、大きく無骨なからだになる。アニン・アンは十戒のなかでも特別な意味を持つ。それも当然だ。かれらは指揮エレメント、カッツェンカットの代行者なのだ。

技術エレメントである。

＊

《ラカル・ウールヴァ》艦内での破壊は、ますます脅威的になっていった。すべてがとどまることなくカタストロフィに向かっているようだ。

べつの艦船ではさらにひどい状況だった。ブルー族の艦も、GAVÖKおよびLFTの部隊と同じく無傷ではない。ほとんどが操縦不能の難破船と化し、乗員たちはそれを放棄するしかなかった。

しかし、脅かされた乗員たちの撤退にさえ問題があった。破壊力は救命艇にもおよんでいたからだ。

ブラッドリー・フォン・クサンテンは、この目に見えない力がどこからくるかを突きとめた。強いメンタル・インパルスの発生源をとらえるのに成功したのだ。破壊がはげしくなると、つねにそこから非常に強力な放射が発せられる。

なにか精神存在だということに疑問の余地はない。生命のない物質を基点として、その構造を転換できるようだ。一方、生命体がこの精神から直接的な攻撃を受けることはない。

かれはおそるおそる、個体走査機を使って船のさまざまなセクションでメンタル発生源を追跡し、パラメンタル性の爆発としてあらわれる破壊の段階を追って観察した。

ガタスでこの現象について聞いたタウレクは、すぐにこの破壊的精神存在の名前を思いついたらしく、〝精神エレメント〟と呼んでいた。

ブラッドリー・フォン・クサンテンは、万が一にそなえてすでに撤退計画をたてている。だが《ラカル・ウールヴァ》の状況はまだ、艦の使命に思いをいたすことになるほどひどくはなかった。

巨大宇宙船を襲った精神エレメントは、これまで散発的な攻撃しか見せていない。しかし、しだいに方法がととのってきて段階的に進みはじめた。このままいくと、半時間後には《ラカル・ウールヴァ》は巨大なスクラップの山になりそうだ。

運よく、主転送機はまだ無傷だった。黒く揺らぐ転送フィールドから三名のアンティが出てきた。先頭はタチョ・バルだ。

「お呼びかな、ジュリアン・ティフラー」アンティ小艦隊の司令官は威厳ある態度で、同時に淡々といった。

「そのとおり」ティフラーは認めた。「わたしが思うに、バアロルにはこの出口のないように見える状況からわれわれを救う能力があるようだ」

アンティはブラッドリー・フォン・クサンテンを非難するように見つめて、やはりそっけなくいった。

「われわれによる救助の提案はすでに拒絶されたと思ったが」

「状況が大きく変わったのでね」巨大艦の艦長が弁明した。興奮した乗員の報告が聞こえてきて、かれの表情は明るくなった。「うまくいったようだ。タチョ・バル、きみと同胞ふたりがこの艦内にきてから、破壊行為がおさまっている。精神エレメントの個体放射はもはや探知されない。逃げたにちがいない。アンティがいるために敗走したのだ。きみたちの反プシ能力のおかげで」

「きみたちの艦および、アンティの代表者が乗りこんでいるGAVÖK混合部隊では、精神エレメントの被害がなかった。それをなぜ報告してこなかったのだ、タチョ・バル？」ジュリアン・ティフラーはたずねた。

「われわれ、まったく注意していなかったので」と、アンティ。

ティフラーは嘆息した。

「事情はどうあれ、宇宙戦がつづくあいだは《ラカル・ウールヴァ》にとどまる栄誉をしめしてもらいたい。この願いをきいてくれるか、タチョ・バル？」

アンティはしっかりうなずいた。

「われわれ、宇宙戦を展開する各艦船に、同胞をすくなくともふたりずつ送ろう」

まもなく、アンティがあらわれた全艦船で精神エレメントの破壊行為がやんだと報告があった。

「おそらく」ブラッドリーが、あとでティフラーとふたりきりになったときにいった。「アンティは自分たちが精神エレメントにどんな影響をあたえるか知っていたのではないでしょうか。しかし、タチョ・バルは、侮辱されたという思いから黙っていたのではないかと思われます。われわれに気をもませたかったのです」

ジュリアン・ティフラーはそれ以上この話には応じなかった。

「こんどは空間エレメントをどう始末するか考えなくては。戦闘はとうていまだ決着がつかない。しかも、まだ技術エレメントの巨大船が五隻いる……」

＊

レジナルド・ブルは戦闘、死、破壊の映像をひたすら見ていた。どこを見ても、どの前線の情報を確認しても変わらない。第五惑星ガタスの地上だろうが、宇宙空間だろうが、どこでも戦闘がくりひろげられていた。

うれしかったのはジュリアン・ティフラーからの報告で、アンティの援助によって精神エレメントを撃退できたという知らせだった。

「いま、あらたな希望が生まれました」ティフラーは締めくくりにいった。「これで空間エレメントのT字形物体に集中できます。力をひとつにしてあらゆる方法をとれば、かれらをはねのけられるはずです。そちらの状況はどうですか？」

「ガタスの危険はなくなったようだ」ブルは、スクリーンにうつるポスビと戦争エレメントに襲われたブルー族との戦いを無視して、慎重にいった。「まだ四十カ所で騒動がつづいているが、ポスビが支配下においている。これで戦争エレメントは拡散しなくなるだろう。しかし、本当に安全な唯一の場所はモルケックス・シティの中央政府だけだ。第五監視所ブロックはエレメントの攻撃から守られている」

「ただし、フェルト星系の境界で、もうすぐ攻撃がはじまりそうですが」ティフラーがいった。

ブルはこの不安に同意した。巨大船五隻の登場は、エレメントの十戒が全力を戦闘に投入したという意味にほかならない。強大な《マシン》船に対して、従来の宇宙船では《ラカル・ウールヴァ》級でさえ太刀打《たちう》ちできず、コズミック・バザール三隻の出動を決断するしかなかった。

すでにリューベック、ノヴゴロド、ロストックは本来の位置をはなれ、技術エレメントの《マシン》船に向けてコースをとっている。

「このような戦闘を阻止できるなら、なんでもするのだが」ブルは、ティフラーとの話を終えると、ひとり言をいった。しかし、ブルと緊密に共同作業しているガタス政府のブロック監視者ウーメ・アズュンが、この言葉を聞いていた。

「銀河系の諸種族にこれほど援助いただいて、どう感謝すればいいでしょう」かれはいった。「その行為には、千年かけても報いきれません」

「もっと短いスパンで考えていい」ブルは答えた。「すべては結局、クロノフォシルであるガタスを守り、無限アルマダの通過を保証するために起きたことだ。きみたちがこの宇宙的計画をしかるべきときに支援すれば、相応の寄与ができるというもの」

「それは問題ありません」ウーメ・アズュンは約束した。「今回の出来ごとで、反対意見はなくなりました。しかし、わたしがここにきたのは、べつの理由からです。われわれの宇宙戦略家からいわれたのですが、空間エレメントとの戦いで協力できるかもしれません。見たいですか？」

「そうだな」いまはほかにすべきこともない。ブルは、自分が惑星地下施設で捕虜となり、無為をかこっているような気がした。できれば船に乗って、積極的に出来ごとに関わりたい。かれがここにのこったのは、ひとえに、第五監視所ブロックが十戒の主要攻撃目標だとタウレクにいわれて説得されたからだ。

「あなたが疑う気持ちはわかります」ウーメ・アズュンは、ブルをモニターの前に連れていき、データを見せながらいった。「戦闘部隊みずからが発見したものなどないと考えているのでしょう。しかし、いっておきますが、ある程度はなれたほうがよく見えることもあります」

ブルはなにかよくわからないことをつぶやいた。

ブロック監視者は、宇宙戦の場面をいくつか見せた。中心にはつねに、空間エレメントのT字形物体がいる。一度、この物体をブルー族の円盤艦が追いかけるのがうつった。すると突然、空間エレメントは回転しはじめ、痙攣してたわんでいった。ブルー族は砲撃をはじめ、空間エレメントは燃えあがったが、急に円盤艦に勢いよく進んでいき、衝突した。はげしい爆発が起きて、どちらも破壊された。

「この艦の乗員はもはや経験したことを伝えられませんね」ウーメ・アズュンがいう。

そのあと何度も、なんらかの原因でコントロールを失ったように見える空間エレメントが確認された。これらの場面はつねに、惑星にきわめて接近したところでくりひろげられる。痙攣するT字形物体がガタスの大気圏まで侵入していたことさえあった。この物体は宇宙ステーションと地上基地から砲撃されて、エネルギーをさらにためこみ、爆弾のように地表に落下した。

ブルはまだウーメ・アズュンの意図を完全には把握できなかったが、興味はかきたてられた。ブロック監視者はいった。

「次で重要な場面になります」

空間エレメント三体がＬＦＴの球型艦、直径千五百メートルの星雲級に迫っていた。当然の理由から、艦は搭載砲で防御することなく後退した。空間エレメントがそれを追う。このときにはすでに一体か複数の精神エレメントが艦内で暴れ、カオス状態になっていたにちがいない。

球型艦はジグザグに進んだ。防御に出ることを決めたように見える。というのも、艦の外殻で放電が確認できたからだ。しかし、それは爆発にはいたらない。それでも追跡するＴ字形物体の中心で、なんらかの力によってはげしい衝撃が生じた。空間エレメントは四散し、またいつものように痙攣した。

だが、球型艦は追跡しなかった。外殻の一部に亀裂ができて、すぐに金属被膜が割れる。精神エレメントに戦闘力を奪われたのだ。乗員たちが空間エレメントに対してなにをしたのであろうと、かれらはもはやこの経験をほかに伝えることはできない。そもそも、すべてが混乱のなかで消えてしまったからだ。

ブルがこの展開から正確な結論を導きだせないでいるうちに、ウーメ・アズュンはいった。

「これほどひどく空間エレメントにくわえられた相応の構造振動は、典型的な磁気フィールドを持つ重力爆弾に見られるものです。Ｔ字形物体はガタスの近くでもまったく同じ反応を見せました。そこから導きだされる結論はただひとつ、かれらは重力に弱いということです」

「重力ショックか！　それだ！」ブルは大声を出すとすぐに《ラカル・ウールヴァ》と連絡をとり、ティフラーにブルー族の観察を伝え、こう締めくくった。「重力爆弾をためしてくれ」

長く待たされることなく、最初の結果報告が入った。重力爆弾によって空間エレメントが破壊されることはないが、技術的に発生させた重力フィールドで撤退に追いこむことはできたという。こうしてフェルト星系での戦いは成果をおさめた。

しかし、この成功のよろこびは長くはつづかなかった。

フェルト星系の辺境からコズミック・バザールが、技術エレメントの巨大船五隻が参戦するようだと報告してきたのだ。

タウレクも連絡してきた。あらたな展開については《シゼル》で聞いたが、かれのほうはまだ成功していないという。

「襲われたブルー族が信じがたいほど頑強に戦い、ポスビに大きな損害をあたえているが、状況はコントロール下にある」と、確信したようすでかれはいった。「数日でガタスの戦争エレメントは根絶できるだろう。とくに、技術エレメントによる補充がないから」

「数日で、多くのことが起きると思う」と、ブル。「できれば、戦争エレメントに徹底的な処置がとれるような武器が見つかったという話を聞きたいものだ」

「それはずっとかんたんにできると思っていた」タウレクは認めた。「しかし、蟹の細胞構造はきわめて複雑で、まだ体系がわからない。だが、ポスビがとりくんでいる。より重要なのは、きみたちが第五監視所ブロックを維持することだ。中央政府を陥落させてはならない！」

「お安いご用だ」ブルが答える。

「見かけの平穏さにだまされるな」タウレクは警告した。「カッツェンカットにはまだこれまで投入していないエレメントが三つある。かれが中央政府への奇襲のためにそれをのこしているとしても、不思議ではない。用心しろ！」

「あなたがそばにいてくれたら、ずっと安心なのだがな」ブルはいった。「調べてもなにもわからないのに、なぜ、こっちにこないのだ？」

「ヴィシュナとわたしは戦争エレメントに宣戦布告したのだ」と、タウレク。「ゲリラ戦しかできなくても、いまはここにいるしかない。エルンスト・エラートがそこにいるほうが、中央政府の防衛にはずっと価値がある。われわれは向かわないぞ！　わかったな、ブリー？　なにがあろうと、ヴィシュナとわたしは第五監視所ブロックからはなれたところにいる。それをおぼえておくように！」

「なぜ、そんなにひどく強調するのだ？」

「ただ、そういう気分なのだ」タウレクは曖昧《あいまい》に答えた。「われわれがそこにあらわれたように見えても、なかに入れてはいけない」

8

かれらはネガスフィアの生物である。

大きく太っていて、深紅色のミミズのような虫だ。目に見える感覚器官はない。動きは緩慢で、カタツムリのような速度で動く。

無力に見える。

しかし、その見かけは偽りで、防御と攻撃の並はずれた才能がある。敵に脅かされていると感じたり、命令されたりすると、相手をべつの存在平面に移動させるのだ。移動させられた者は敵意を忘れ、閉じた存在平面からもどったときには、このうえない幸福感に満たされている。

かれらに知性はほとんどない。そのため、つねに導く者が必要だ。

超越エレメントである。

*

ゼロ夢のなかで、カッツェンカットは敗北を詳細に体験した。

チャンたちは役にたたず、グルウテまで敗走させられたのだ。精神エレメントと空間エレメントを最後の出動に駆りだし、自己犠牲につながる戦闘まで強いたのだが、まったく効果はなかった。二エレメントはともかく最後まで力をつくしたものの、限界があった。

ギャラクティカーに弱みを知られ、そこを突かれたのだ。空間エレメントは重力フィールドに抵抗力がないし、精神エレメントはある種の反プシ・インパルスにはねのけられてしまう。

ギャラクティカーを見くびっていたということだ。

怒りがこみあげる。

カッツェンカットはゼロ夢で《マシン十一》のアニン・アンのところに向かい、1＝1＝シェルグに命じた。技術エレメントは力を集結させて戦いに介入するように、と。

「戦争エレメント追加の準備をせよとの命令を受けていましたが」と、1＝1＝シェルグはいった。「まず、戦争エレメントを第五惑星に送るべきでは？」

「ガタスのほうは充分だ」と、カッツェンカット。「いまはあらたな前線を築き、敵の注意と力を引きつけたい。わたしの指揮がなくても行動できるだろうな」

「あなたはコミュニケーションに問題があるようですね」1＝1＝シェルグは事務的に

いう。

「わたしは、わたしの指揮を必要とするエレメントを気にかけなくてはならないのだ」

カッツェンカットもうわべはやはり事務的に答えた。内心では怒り狂っていたのだが。

アニン・アンに対しては認めたくなかったが、実際、ゼロ夢でエレメントを制御するのがますますむずかしくなっている。かれは理由もわかっていた。

《理性の優位》の船載脳が警告してきた棺桶星系の奇妙な現象が、さらにはげしくなっているのだ。いわゆる〝空間硬直〟の部分が増大していて、これが指揮のじゃまになる。もっとも賢明なのは、このかくれ場をはなれることだろう。カッツェンカットはそれを知っていた。だが、いまの段階では不可能だ。

ガタスの中央政府に送りこんだ三エレメントの監督をおろそかにできない。このやっかいな状況で、かれらだけにまかせてはおけなかった。

まずは今回の作戦を終了させなくてはならない。

増していく困難にもかかわらず、かれは第五監視所ブロック掌握《しょうあく》の指揮をとるために、ゼロ夢のなかで三エレメントのところに向かった。仮面エレメント、時間エレメント、超越エレメントだ。

この作戦がうまく完了したら、棺桶星系から去ることができるだろう。

＊

「いまこそ、ハルト人の援助が必要だ」レジナルド・ブルはいった。フェルト星系辺境からのコズミック・バザールの報告は、憂慮すべきものだった。

かつての播種船は、技術エレメントの《マシン》船の十倍強の大きさがあるが、武装技術において劣勢となり、撤退するしかなかったのだ。

「ハルト人の援軍はまにあうでしょう」エルンスト・エラートは同意した。「ハルト人たちのことを気にかけないとは、かれらに無礼だと解釈されてもしかたないような態度でした」

「かれらは第五監視所ブロックの増強にもなるだろう」ブルはいった。「タウレクの謎めいた言葉がまったく気にいらない。かれにはドッペルゲンガーがいるのか？」

この仮定の問いかけに応じることなく、エラートはいった。

「ハルト人にはわたしがとりくみます」

かれはこれまで正面に出てこなかったが、無為にすごしていたわけではない。ブルー族の保安対策を検査し、可能な場合は改良をうながしていた。

しかし、保安対策の欠陥の多くは、かんたんにはふさがらなかった。より好条件の、ヴィールス・インペリウムを行使できるテラでさえも、不可能だっただろう。かれらの持つ手段は、エレメントの十戒が使える手段よりもすくなくなったのだ。

これまでに投入されたエレメントの能力を見ると、未知のエレメントには、とくに敵の基地への侵入に適合するように調整された力があると思われた。

エレートは第五監視所ブロックの中心部をはなれた。ふつうの方法ではなく、自身のからだをヴィールスの構成要素にまで分解するやり方だ。こうすると、なににもじゃまされることなく出入りできる。綿密な構成の保安システムや厳重な警戒があっても問題なかった。

警報装置もかれには反応しない。

同じようにエレメントの十戒も、ガタス中央政府の心臓部にうまく入りこむかもしれない。かれのように最小単位までからだを分解しないとしても、考えのおよばないべつの方法がいくらでもあるだろう。

エレートはすでにウーメ・アズュンに、自分が行くことをハルト人に伝えてほしいとたのんでいた。ハルト人は準備をととのえているだろう。安全ゾーンのもっとも奥をはなれると、もよりの映像通信機にヒューマノイドの姿があらわれる。ブロック監視者だ。

「ハルト人は惑星地下施設であなたと会いたいともとめてきました」ウーメ・アズュンはいった。「しかし、われわれがかれらを司令本部に入らせないのは侮辱だと感じているようです」

エレートは待ち合わせ場所を聞いた。そこは、下級の役所も多い周辺部にいくつもある会議室のひとつだった。

あちこちの管理所でとめられないように、エラートはまたヴィールス体を分解して、早々に目的地に着いた。

待ち合わせ場所のセクターにはだれもいない。この状況はエラートにはかなり奇妙に思えた。閉まったドアからいくつかの事務所に入る。そこもやはり技術機器は動いていたが、だれもいない。

五つめのドアの向こうにハルト人がいた。かれらはエラートのヴィールスが入ってきたのに気づかず、自然にすごしている。エラートの知覚機能は分解した状態でも通常どおりなので、かれは強いオレンジの香りを感じた。

「きみは短気すぎるぞ、アチオトス」ひとりのハルト人がちょうどいった。「かれがともにいて、われわれを指揮している。クロニマルと超越者にも気を配りながら」

「そろそろ会議室に行く時間ではないか、タトクス？」もうひとりがいう。「使者を出迎えなくては」

エラートはすぐに後退した。

ハルト人たちは、なにかがおかしい。かれらのところでしばらくすごしたことがある。かれらは異人に対しては〝きみ〟と語りかけるが、おたがいでは〝あなた〟を使うはずだ。しかし、それだけで驚いたわけではなかった。このふたりが指揮エレメントの影響を受けている可能性はあるだろうか？　クロニマルと超越者とはなんだ？　さらなるエレメントなのか？

エラートはまだヴィールスに分解したまま、会議室に入った。そこで巨大な深紅のミミズを見たかれは、自分の目が信じられなかった。豚ほどの大きさで、ナメクジに似ていなくもない。

いったい、この生物はなんなのだ？

すぐにハルト人ふたりがやってきた。無言で席につく。ひとりが太ったミミズを持ちあげて膝に寝かせると、もうひとりは通信機をセットして、

「使者はどこだ？」と、たずねた。

「エルンスト・エラートがすぐに向かう」ブルー族が答えた。ウーメ・アズュンだとエラートにはわかった。ウーメはつけくわえた。「ひょっとすると管理所で引っかかっているのかもしれない。きびしい安全対策を施しているので」

通信が切れると、一ハルト人がいった。

「わたしがエルンスト・エラートの役割を請け負う、タトクス。かれの姿になって、クロニマルをばらまく。きみは超越者のほうをたのむ」

「わたしもカッツェンカットの指示は聞いているぞ、アチョトス」

エラートにはこれで充分だった。オレンジの強い香りをかぎながら、意識のなかに引

きさがる。セクター全体をよく探してみたが、ブルー族にはひとりも遭遇しない。かれらは全員、どこに消えてしまったのだろう？

かわりに管理所のすぐそばの部屋で、深紅のミミズがさらに見つかった。ある会議室では、まさに驚くべき発見があった。動物がたくさん集まり、巨大な塊りになっていたのだ。それらはネズミくらいの大きさのトカゲで、脚が八本ある。めちゃくちゃに這っている動物たちのあいだに、影のような映像がくりかえしあらわれた。この影は、かすかにブルー族を思いださせた。映像ははっきりしそうになると、また消えてしまう。

この不気味な幻影はなんだろうか？

エラートはブリーに報告するために急いで司令本部にもどった。

「十戒の、すくなくとも三エレメントが惑星地下施設にもぐりこんでいます」エラートがそう説明すると、ブルは愕然としていた。「エレメントのひとつは、ハルト人の外見をとっています。あとのふたつは無害な動物のように見えますが、〝超越者〟〝クロニマル〟と呼ばれていて、その名前が能力を知る鍵になるでしょう。かれらは発見されたことにまだ気づいていません。しかし、疑いが生じる前に、すばやく行動しなくては」

ウーメ・アズュンはすぐに対策準備をした。

万全のかまえをしたブルー族百名に、問題のセクターに集まるように指示し、そこを包囲した。かれらはハルト人ふたりと風変わりな同行者たちに、まずパラライザーを発射する。致命傷をあたえるような武器は、ほかの攻撃が効果なかった場合の手段とするように命令を受けていた。

ウーメ・アズュン自身も戦闘地域に入った。武装したブルー族の第二部隊が、第一部隊が突破された場合にそなえて敵を迎え撃つ準備をしている。

ブルとエラートは司令本部にとどまり、スクリーンで事態を監視した。ふたりが見守るなか、ブルー族はエレメントに支配されたセクターを包囲した。かれらは出入口に立ち、銃をかまえて攻撃合図を待っている。

「奇襲をしかけるのは、こちら側だ」ブルが神経質そうにいった。「うまくいくといいが」

攻撃合図が出された。すべての出入口が同時に開き、ブルー族は武器をかかげて通廊に入っていった。通路をさえぎるものはなにもなかった。

偽ハルト人ふたりは姿を見せない。

「待ち合わせ場所に決められた会議室の映像を見たい」エラートがいう。

「回路がブロックされています」と、通知があった。

ブルー族はさらに進出していく。すぐにすべての通廊を占領したが、敵との接触はただの一度もなかった。事務所のドア前にそれぞれが配置され、合図とともにいっせいになかに入る。

ほとんどの部屋で深紅のイモムシが見つかった。だが、ブルー族が武器を使用することはない。

エラートはなにかいおうとしたが、すぐに言葉がかき消えた。突然、ブルー族が武器をおろしたのに気づいたのだ。

「ヒュプノ暗示だ!」ブルが思わずいった。「かれらはブルー族に影響をあたえ、異質な意志を強制している」

しかし、かれはすぐにこの推測の一部が間違っていたことに気づいた。ブルー族がいっきに消えてしまったのだ。不可視になったか、あるいはどこかに姿を消したのか。

そのうちのふたりだけがなんとか、エレメントの不気味な影響力から逃げだしてきた。出入口に着くと、ブルー族の第二部隊に合流する。

「ハルト人ふたりはどこにいった?」ブルは大声でいった。「かれらも目に見えなくなったわけではあるまい」

「かれらは姿を変えたのです」と、エラート。「ブルー族がふたり逃げおおせたのを思いだしてください。エレメントがハルト人の外見になれるなら、当然ブルー族にも変われるでしょう」

「ウーメ・アズュンに警告しなくては!」ブルはすぐにブロック監視者に連絡したが、

その反応から、遅すぎたことを知った。

「われわれになにがあったのでしょう！」ウーメ・アズュンは絶望したようにいった。

「まわりで仲間が消えていきます」

「超越者のしわざだ」エラートは説明した。「その影響力には逆らえない。すぐに司令本部にもどってくれ。なんとかここを守らなくては。きみはひとりで困難を切りぬけなくてはならない。だまされてはならないぞ。偽のハルト人はすでにブルー族の姿になっている」

「わかってくれたのだといいがな」ブルはいった。「いまいるブロック監視者に、司令本部を完全封鎖させるのだ。だれも信用してはいけないし、なかに入れてもならない。ウーメ・アズュンをのぞいて……」ブルは黙ると、いった。「エレメントがかれの姿をとったら、どうなるだろうか？」

「オレンジの香りで判別できます」エラートは説明をつけくわえた。「わたしは調査に行きます。エレメントとの戦いのために貴重な情報を得られるかもしれません」

「わたしは援軍にタウレクを呼ぶ」と、ブル。「これで、かれが自分をなかにいれるなといった意味がわかった。変身するエレメントの投入を予測していたにちがいない」

＊

エラートの調査では、エレメントの十戒との戦いに役だつ貴重な情報はもたらされなかった。わかったのはただ、絶望的な戦いをしていることだけだ。

かれ自身は介入すらできなかった。行動するための安定したからだになったら、自身もすぐに超越者の犠牲になってしまうだろう。

エレメントは妥協することなく行動している。擬態能力をもつ二名はさまざまなブルー族の姿になった……下級官僚からブロック監視者まで、その変身はつねに数秒のうちにおこなわれた。

かれらはあらわれるとすぐにミミズに似た超越者を投入し、保安対策装置とコミュニケーション網をすばやくショートさせる。次に超越者がブルー族を呪縛し、どこかに送りだす。こうしてセクターは次々に無人となり、占拠されていった。

エレメントは深刻な抵抗を受けることもなく、司令本部に接近した。

二名の変身芸術家は支配した各セクターに、まずはすべての超越者を運び入れる。そこに八本脚のトカゲ生物の群れがつづいた。その生物がどんな任務を負っているのか、どんな能力があるのかは、エラートはまだ解きあかせていない。ただし、クロニマルという名前からは、なにか時間を操作できるということがうかがえた。

すべての行動の裏に計画がひそんでいる。

エラートはまさに、操る手が背後にあるのを感じた。

カッツェンカット……指揮エレメント……が、あちこちに存在しているのだ。指揮官としてのカッツェンカットが排除されたら、どんなことが起きるだろうか。きっとエレメントに対抗するチャンスが生まれるはずだ。超越者とクロニマルはただの利口な動物だし、変身するエレメントは二名しかいない。だが、それは推測にすぎなかった。

カッツェンカットには手がとどかない。

かれはどこかでフェルト星系全体の出来ごとを制御している。

エラートは変身するエレメント二名の侵略を追跡していったが、望むような情報は得られなかった。

このとき劇的な出会いがあった。

ウーメ・アズュンがかくれ場から出てきて、変身するエレメント二名に立ち向かったのだ。かれは二名をブラスターで脅し、こういった。

「おまえたちの仮面の奥が見えるぞ。エレメントの十戒だな」

「おい、わたしがわからないのか?」偽のブルー族がいった。「ブロック監視者のジョレジだ」

「よく見てくれ」もうひとりがいう。「わたしはカズュンチュだ」

「おまえたちのまわりにカジュカの香りが漂っている」ウーメ・アズュンはすぐに武器

を使うかわりにいった。「香りで正体がわかるのだ」

「それはきみの嗅覚が鈍感だからだ」偽のブロック監視者ジョレジがいう。「わたしの香りは、しずかな海に沈む恒星に向かって吹く北風だ」

こうして話しているあいだに、偽のブロック監視者はウーメ・アズュンの姿になる。あっけにとられたアズュンは超越者に呪縛され、その場から消えた。

エラートにはウーメ・アズュンに警告する方法はなかった。そんなことをしたら、自身も超越者の魔力にやられていただろう。

しかし、すくなくとも偽のウーメ・アズュンについて司令本部に警告することはまだできる。

エラートがそこをはなれようとしたとき、ほんもののウーメ・アズュンがふたたびあらわれた。先に超越者にとらえられていたブルー族も、べつの場所に再実体化した。

ウーメ・アズュンは恍惚《こうこつ》とした表情をしている。すべてのブルー族が、なにもなかったかのように平穏で満足そうだ。

超越者が近くにいないことをエラートはたしかめると、すべてのヴィールス片を集結させてからだをつくりあげた。

「さ、ウーメ、急いで司令本部に行かなくては」ブルー族をせきたてる。

「なぜ急ぐのです？」ブロック監視者は不思議そうにいった。

エラートは長く説明することなく、ウーメ・アズュンを引っ張った。ブロック監視者は見るからに〝心安らか〟なようすで、進行中の出来ごとについて完全に忘れている。

ブルー族の手をとり、エラートは超越者の呪縛から解きはなたれて幸福そうにしている者たちをかきわけて進んだ。全員が明らかにすべて順調だと考えているのだろう。

ようやく、まだエレメントに支配されていないセクターにたどりついた。そこから司令本部に向かう。

すでに武装したブルー族とレジナルド・ブルが待ち受けていた。エラートは、くるのが遅すぎたと悟る。部屋の奥に偽のウーメ・アズュンと……自分自身が見えたのだ。

指揮エレメントはエラートよりも賢かった。

「おまえたちの化けの皮ははがれたぞ」ブルがいった。「むだな抵抗をしても……」

「香りです!」エラートは大声でいった。「そこの二名はどんな香りがしますか?」

ブルは驚いた表情をした。

「バナナだ……」そういったとたん、ブルも……まわりの全員も……呪縛された。

エラートは自身が軽はずみだったことを悔やんだが、すでに無意味だ。ヴィールス体を分解するのもまにあわなかった。

以前、超越者はどこに犠牲者を送るのかと考えたものだが、エラートがそれを知ることはなかった。かれの目は司令本部を見つづけている。最後に自由意思で考えたのは、自身の肉体はここにのこっているということだった。

そのあと、心が軽くなり、悩みは消えて幸福になった。

司令本部に幻影のような姿があらわれるのが見える。ブルー族たちだ。かれらはふたたび消えたが、すぐにまたあらわれ、こんどはよりしっかりしたかたちをとっていた。

9

かれらはネガスフィアの周辺領域で生まれた。

八本脚の黒いネズミに似た動物で、肌は鱗におおわれ、トカゲの頭を持ち、群れで行動する。個体では行動するのに無力だから。かれらはエレメントの支配者が愛玩しているペットなのだ。

大勢集まって登場すると、有害生物を思わせる。しかし、かれらが災いの種となるのはべつの理由からだ。かれらは時間軸に影響をあたえることができる。時間平面全体を入れかえることさえ可能だ。この能力を完全に使いこなせるため、入れかわった時間平面が安定しはじめ、過去が現在になることもある。

五千体の群れがいれば、モルケックス・シティほどの大きさの領域に影響をあたえられるのだ。

かれらはクロニマルと呼ばれる。

時間エレメントである。

カッツェンカットは船載脳の執拗な警告を無視した。こうしたじゃまにはかまっていられない。なにが起きようと、ゼロ夢でもちこたえなくてはならないのだ。決定的な勝利を目前にして、第五監視所ブロックをはなれて《理性の優位》にもどることなどできない。

*

かれはガタスの中央政府を占領した。いまは、惑星全体をクロノフォシルとして機能しないようにするのが重要だ。そのために時間エレメントを投入しなくてはならない。

マーゲナンの監督のもと、超越者がすべての敵を独自世界に閉じこめて幸福にしているあいだに、かれはクロニマルを操った。

ゼロ夢のなかでかれらを駆りたて、時間変位を生じさせた。時間が切迫している。かれは文字どおりクロニマルを鞭打《むち》つようにして、最大限の力を発揮させた。

過去をふたたびよみがえらせるのが重要なのだ。クロニマルに命じて、第二帝国時代の好戦的なブルー族を現代に連れてこなくてはならない。

それが成功して時間変位が固定化したら、現在の平和的なブルー族は過去にうつされ、戦闘的な祖先がそのあとを継ぐのだ。

そのとき、第一クロノフォシルは使えないものになるだろう。

混沌の勢力は勝利できるのだ。

この目的のためにはどんな代償も惜しくない。

すでに過去の時間平面が現在に幻影のように侵入し、過去のブルー族がしだいに姿をあらわしてきていた。

ふたたび《理性の優位》から警告がある。強力な警告はゼロ夢のなかまでカッツェンカットを追ってきたのだ。

警報段階一！

いまや、指揮エレメントは耳をふさいでいられなかった。ゼロ夢からもどらなくてはならない。緊急に指揮が必要なクロニマルは、しばらくほうっておくしかなかった。

かれは目をさまし、ひやりとする驚きにつつまれた。

棺桶星系の空間硬直現象が飛躍的に進行し、百億キロメートル周囲の宇宙空間全体がおそろしい圧力のもとに捕らえられている。いまや真空が疑似物質になっていた。このとてつもない硬直のなかで、隙間はわずかしかのこっていない。

〝棺桶〟という名の恒星すなわちパルサーまでが、最大限に膨張した瞬間に硬直している。

圧力は増加していた。真空の密度が濃くなっていく。

あの恐ろしい質量と信じがたい密度を持つ無数の小惑星がどこからきたのか、いまカッツェンカットにもわかった。かつてそれらは膨張した天体だったが、空間硬直によって、とてつもない圧力で押しつぶされ、最小限に凝縮されたのだ。

同じ運命が《理性の優位》を脅かしている！

カッツェンカットは、即座に逃げるしか方法がないと悟った。もはやガタスでの出来ごとを操るどころではない。もちろんいうまでもなく、行動中のエレメントに気を配ることもできない。

これは降伏に匹敵する。勝利は目前だと思った瞬間に、敗北が確定したのだ。

エレメントの十戒は強力だが、指揮エレメントがいなくては、その価値は半分もない。カッツェンカットが指揮しなくては、それぞれのエレメントは能力を充分に発揮できないのだ。カッツェンカットの戦略的な才能によって、エレメントたちは権力の一部となり、秩序の勢力を打ち壊すことができる。

しかし、指揮エレメントとしてのカッツェンカットは脱落した。逃亡しなくてはならない。自分が選んだ棺桶星系は都合の悪いかくれ場だったとわかったが、もう意味はなかった。

空間硬直が圧縮していく棺桶星系の隙間を《理性の優位》が通過するあいだ、カッツェンカットは熟考した。フェルト星系にのこるエレメントを救う方法がないだろうか。

敵にわたしてはならない。

必死に考えたが、好ましい解決法は思いうかばなかった。エレメントを救う方法はただひとつしかない。まったく気にいらないやり方だ。

しかし、ほかに選択肢はない。

しぶしぶカッツェンカットは、最後の逃げ道としてとっておいた方法をとることに決めた。

*

タウレクとヴィシュナは、最後の戦争エレメントが消滅して宿主を解放するようすを目《ま》のあたりにしていた。目に見える作用は確認できず、致命傷をもたらす武器も使用されていないようだが。そうした影響を、タウレクは最後まで発見できなかった。

「どういうことなの?」ヴィシュナが、《シゼル》でモルケックス・シティに向かう途中でたずねた。「夢見者カッツェンカットのあらたなトリックかしら?」

タウレクには自身の考えがあったが、それを口にはしなかった。モルケックス・シティに着陸する前に、宇宙空間からよろこばしい報告がとどいた。エレメントの十戒が退却したというのだ。コズミック・バザールにはげしい損害をあたえた技術エレメントの巨大な《マシン》でさえ、撤退を開始していた。

「なにか不測の事態があったにちがいない」タウレクは《シゼル》から降りながらいっ

た。「なにか、カッツェンカットの攻撃計画を帳消しにするようなことが。かれは自発的にクロノフォシルを放棄したわけではない。混沌の勢力はかれの責任を問いただすだろう。これは戦略的な撤退ではなく、想定外の逃走だ。十戒のこうした混乱は、われわれのチャンスになる。うまく利用しよう」

ふたりは惑星地下施設へ入ったが、抵抗はまったく受けなかった。ガタス中央政府の外側領域では、あちこちでブルー族に遭遇したが、全員が恍惚として、夢遊病者のように動いている。

「べつの世界をさまよっているのね」ヴィシュナが断言した。「超越者に送られたこのトランス状態から、かれらをもどせるのかしら?」

「しだいにしずまるだろう」タウレクは確信していた。

突然、ふたりは重装備のブルー族の部隊に遭遇した。しかし、どこかがおかしい。そのためタウレクは防御兵器を使うのをためらい、ヴィシュナにも合図した。

ブルー族はかれらの母語で会話している。その身振りは明白で、威嚇《いかく》的だった。かれらは武器をかかげた。しかし、タウレクはあらゆる抵抗を放棄した。ブルー族の武器がきわめて時代遅れだと気づいたのだ。ゆうに千年は昔の設計だ。ブルー族は突進してきたと思うと……ふたりをすりぬけた。

「これは時間変位の結果でしかありえないわ」と、ヴィシュナ。「カッツェンカットは自分の戦闘のために、過去の時代の好戦的なブルー族を使いたかったのよ」

「むごたらしい計画だ」タウレクがいった。「しかし、かれはもはやそれを実行できない……どんな理由があったか知らないが」

タウレクとヴィシュナはじゃまされることなく司令本部に到着した。数名のブルー族が道をふさいだが、敵対的な意図があるわけではなく、高揚した気分で話しかけたいだけらしい。コスモクラートふたりはかれらに関わらなかった。

過去からの幻影の出現にも何度も遭遇したが、あっさり無視していく。

ふたりはすぐに司令本部に入らず、まず周囲をざっと見わたすことにした。

ここは表現しがたいカオスが支配している。

あちこちに、スローモーションのように動く、太った深紅のミミズが見えた。床や機器、モニター、壁や天井にまではりついている。

そのあいだを、ガタス中央政府のブルー族が、周囲の出来ごとを理解できないようすで夢遊病のように歩いている。

すみには鱗におおわれた小型動物がひしめいていた。八本脚で動きまわり、たがいの上にのぼったり、べつの個体のあいだに割りこんだりしている。だが、けっして仲間たちの塊りからはなれようとしない。

そのなかで、過去の幻影がくりかえし出現していた。恐怖を感じさせるようなブルー族の姿だ。攻撃性に満ちて、決然としている。こちらがかれらを見ているように、かれらもおそらく現在の出来ごとを見ていて、それを理解できず、武力で抵抗しようとかたく決意しているのだ。単純な哲学である。ただし、かれらの計画は実行にうつせない。完全に実体化してはいないからだ。

このカオスのなか、二名の生物がほかを圧倒していた。かれらはときどきハルト人のように見えたが、またブルー族に変身し、さまざまな見知らぬ生物に変わった。交互にエルンスト・エラートとレジナルド・ブルの姿にもなった。

タウレクはそこから正しい結論を導きだした。かれらは仮面エレメントの代表者二名だ。ほかの二エレメントを監督する義務があったのだが、自身がひろがる混沌のなかに入りこんでしまった。無理もない……カッツェンカットに見捨てられたのだ！

そこにブルとエラートもいた。ほかの者と同じように超越者の犠牲になって、一見すると楽園のような自身の世界に囚《とら》われている。しかし、ふたりはブルー族のような放心状態には見えなかった。明らかに、超越者の影響に対する免疫があるのだ。

ヴィシュナとタウレクはいつまでも考えずに突進していき、それぞれが仮面エレメントに狙いを定めて、パラライザーで撃った。

一瞬で時間現象がやんだ。超越者は硬直して動けなくなり、ブルとエラートは解放される。ふたりはいくらかぼんやりしているようだった。エラートなど困惑のあまり、自身のヴィールス体を分解してしまう。だが、ふたたびすぐに一体化させ、このパニックのあとは平常心をとりもどした。

「あまりにあっさりした勝利だ」と、ブルはいった。「なにか罠に関係しているという可能性はあるだろうか？」

タウレクがかぶりを振り、ささやき服が音をたてた。

「カッツェンカットが役割を終えたのだ。フェルト星系における十戒の決定的な敗北だ」

こういったとたん、周囲が暗転して、その場の全員が不気味な感覚に襲われた。なにかに捕らえられ、説明のつかない出来ごとが周囲で起きているような感じがする。

タウレクでさえ、心の奥にしまっておいた悪夢が現実になったような感覚だった。かたちのある不安ではないが、それは現実で、そこに存在する……存在するのは理解をこえた、目に見えない虚無なのだが。

この虚無はタウレクには、絶対的なカオスが人格を得たもののように思えた。自分がこの虚無に巻きこまれてネガスフィアに連れていかれ、その一部になるかもしれないというのが、かれの悪夢なのだ。

これはきわめて当然な不安だった。

10

かれは暗黒エレメントを恐れていた。自分がこのエレメントを投入して戦った敵たちと同様に。それでもかれは、暗黒エレメントに助けをもとめて呼びよせた。仮面エレメント、時間エレメント、超越エレメントを敵にゆだねてしまうのを、エレメントの支配者はけっして許さないだろうと思われたからだ。

三エレメントをコスモクラートふたりの介入から守るためには、暗黒エレメントの動員以外に方法がない。

暗黒エレメントを呼びよせるには、特殊なゼロ夢が必要だ。それにより過剰な力を費やすため、その後は衰弱した期間をすごすことになり、なかなか回復できない。

暗黒をどれだけのあいだ出現させておくか決める力は、カッツェンカットにはもはやのこっていなかった。暗黒を制御することも、影響をあたえることもできない。呼びだすこと以外になんらかの力を、自分が暗黒におよぼせるのか、それさえ疑っていた。

暗黒は魔物のように、あらゆる光や放射を吸収する。従来の電磁波だろうとn次元インパルスだろうと同じだ。

すべてをのみこむのだ。カッツェンカットはいつ自分も吸収されるかと恐れている。そのため、かれは暗黒をほとんど使ってこなかった。

しかし、今回は避けられない。敵の力を麻痺させて、危険に脅かされている三エレメントを助けることが重要だからだ。

敵が完全に困惑しているあいだに、仮面エレメントは〝映像帽子〟と呼ばれる装備を得ていた。これは超音波探知方式で作動するもので、暗闇を突破するのに役だつ。これを使って、超音波のリフレクションから立体映像をつくりだすのだ。そうすれば、かれらはほかのエレメントを危険な領域から導きだし、安全な場所に移動させられる。

この救出作戦が終わったら、暗黒エレメントはここにとどまることになる。カッツェンカットが暗黒を解任できる状態になるまでは、しばらくかかるだろう。

カッツェンカットが安堵できるのは、すべてが終了してからだ。

《理性の優位》で、いまや完全に硬直した棺桶星系からはなれた。どんな運命に襲われるところだったかは、もはや考えたくない。

自分が喫した敗北についての考えも、すべて押しのける。

ほとんど勝利していたのだ。

次は勝つだろうと、わかっていた。

フェルト星系以外にも、まだほかのクロノフォシルがある。そこを無害化しなくてはならない。

＊

ガタスはしずかなよろこびにつつまれていた。

はじめは勝利の感覚がひろがった。だが、そのあと現実に思いいたる。

「GAVÖKはみごとに勝利した」ジュリアン・ティフラーは説明した。ブルー族との交渉のため、第五監視所ブロックにきている。無限アルマダの到着に向けてブルー族に準備させることが、いまなお重要なのだ。「しかし、われわれは現実を見なくては。この勝利は部分的なものだ」

「そのとおりだ」ブルも同意した。「一度は勝利したが、全体の決着がついたわけではない。まだ戦闘が起きるのではないだろうか」

「かならず次の攻撃があるわ」ヴィシュナもいった。「そのときはもう、エレメントの十戒がこちらを過小評価することはない。まとまって、しっかりと準備をして、さらに危険になるわね」

「今回は運に恵まれた」と、エラート。「現実的になるときだ。カッツェンカットがなんらかの事情で攻撃を中止して逃走する事態に追いこまれなければ、状況はまったく違ったただろう」

「カッツェンカットがどうして撤退せざるをえなかったのか、知りたいものだ」と、タウレク。「われわれに主導権がもどったとは思えない。むしろ偶然の力が大きかった。しかし、いずれ理由はわかり、今後に役だてられるだろう。背後の事情も探れるかもしれない」

ずっと黙って聞いていたウーメ・アズュンが口を開いた。

「今回の成功が幸運な偶然にすぎないかどうかは、わたしにはまったく関係ありません。わが種族に関わるのは、ほかの銀河系種族がいなかったら、われわれは混沌の勢力のエレメントに踏みにじられてしまっただろうという事実だけです。わが種族は感謝しており、それはガタス人だけでなく、全ブルー族が同じ気持ちです。銀河イーストサイドは無限アルマダに道を開くでしょう」

その後、ほかの疑問点が審議されたが、将来に関することはほとんどがまだ不明のままだった。

無限アルマダの到来がいつになるか、だれにもわからない。炎の標識灯が予定よりも早く起爆されることになったため、最適な推測ができないのだ。さらには、空虚空間にひろがって二百の太陽の世界を脅かそうとしている冷気エレメントから、無限アルマダをいかに守るか、その方法もだれにもわからなかった。

二百の太陽の星……これもクロノフォシルのひとつである。

しかし、この危険のほかにもまださまざまな問題があった。炎の標識灯は惑うことなく銀河系へとまっすぐ進み、無限アルマダの数百万隻、数十億隻の艦船のために、直径十光年の先導航路を切り開いている。

銀河イーストサイドについては、もはや問題はないかもしれない。これまでの出来ごとを通じてブルー族が準備しているからだ。

しかし、今回の件を遠くから見ていたほかの銀河系種族はどうしているだろうか？　かれらもまた、今後のために準備をしなくてはならない。

「やるべきことはまだいくらでもある」ブルはいった。「問題の山を早急にかたづけるにはどうしたらいいものか。しかも、エレメントの十戒による脅威はずっとつづいているのだ」

かれは問いかけるようにヴィシュナとタウレクを見つめる。

だが、ふたりのコスモクラートは黙ったままだった。

あとがきにかえて

若松宣子

春になると色とりどりの花がいっせいに咲きはじめ、目を楽しませてくれる。なかでもチューリップやモクレンなど、花びらがつるりとした花は凛としていて好きだ。今年は三月に友人たちと裏磐梯《うらばんだい》に遊びにいく機会があった。暖冬のなか、残っていた雪や温泉を楽しみ、一泊だけの短い旅だったが、ちょうど乗り換え駅だった郡山《こおりやま》駅近くの郡山市立美術館で「ブリューゲル展」が見られると知った。昨年、東京で開催されていたときには、きっと混んでいるだろうと二の足を踏んでしまったので、郡山での開催が旅行と重なっていたのは本当に幸運だった。

この展覧会では、村の様子を生き生きと描きだした『農民の踊り』や『雪中の狩人』などで有名なピーテル・ブリューゲル（父）にはじまり、その長男で同名のピーテル（子）、次男のヤン、その子どものやはり同名の息子ヤンなど、百五十年にわたるブリューゲル一族の絵がそろっていて、それぞれの得意とする絵が見られてとても充実していた。

ヤン・ブリューゲル（父）は植物の絵が得意で「花のブリューゲル」と呼ばれる。今回は十七世紀はじめにヤン父子が共作した『机上の花瓶に入ったチューリップと薔薇』が展示されていた。暗い背景に、花々が妖しいほど色鮮やかに浮かび上がっている絵だ。今回おどろいたのは、当時のフランドル地方の絵でよく描かれた縞模様のチューリップが、じつはウィルスに感染していたという解説だった。現在ではモザイク病という病気だとわかっているが、当時はこの枯れやすいチューリップが人気を集め、貴重なものと考えられていたそうだ。

この絵をきっかけに、チューリップについて調べてみた。すると、身近な花だと思っていたチューリップは、知らないことばかりだった。そもそも花びらは六枚あると思っていたが、じつはそれは内側の三枚だけで、外側の三枚は、アジサイと同じで、一見花びらのように見えるガクだということもわかった。マイク・ダッシュ『チューリップ・バブル』（文春文庫）によると、チューリップはオランダではなく中央アジアのパミール高原が原産で、それがトルコ系遊牧民の手によって西へ広まり、十一世紀にはトルコ人が観賞用として楽しんでいたという。

原種だけで百種類以上あり、半数が今も高原で自生しているそうだ。日本でもこの原種の花も観賞用としてガーデニングなどで人気があるらしい。それらは普通のチューリップよりも丈が低く花も小ぶりで、花びらの先がとがったクロッカスに似たものもあり、愛らしい姿をしている。

チューリップがヨーロッパにわたったのは、ようやく十六世紀半ばになってからだった。神聖ローマ帝国（現在のドイツ）の外交官が持ち帰って広まったチューリップのひとつを、スイスの博物学者のコンラート・ゲスナーはトルコ・チューリップと名づけ、一五五九年にヨーロッパでいち早くチューリップのスケッチを残している。いわゆる普通のチューリップの栽培種の学名は、このゲスナーにちなんで、ツーリッパ・ゲスネリアーナというそうだ。

その後、上流階級のあいだで庭づくりが流行し、めずらしい色のチューリップは投機、さらにその頃はまだなじみの薄かった先物取引の対象にもなっていった。それが有名なチューリップ・バブルだ。先にあげたウィルスにかかったチューリップは何千ギルダーもの値がついたという。職人の年収が三百ギルダー程度だったという当時、いかにそれが法外な金額だったかということがわかる。チューリップ三株と家一軒が交換されたこともあったのだ。このチューリップ・バブルは一六三六年から翌年にかけての冬にピークを迎えたが、それが二月には暴落してしまったというから恐ろしい。

今回、縁あって訪れることのできた郡山市立美術館は小高い丘の上に位置し、森に囲まれ、石の庭がひろがる気持ちのいいところだった。カタログのバックナンバーを眺めていると、「自転車の世紀展」など興味深い展示があったようだ。郡山駅からはバスもあるが、今回は天気もよかったので、四キロほど歩いてみた。途中では阿武隈《あぶくま》川や梅の花、地元のスーパーでの買い物なども楽しめた。またぜひ訪れてみたい。

訳者略歴　中央大学大学院独文学専攻博士課程修了，中央大学講師，翻訳家　訳書『アルマダ王子現わる』エルマー＆フランシス，『エピクロス症候群』マール（以上早川書房刊）他多数

HM=Hayakawa Mystery
SF=Science Fiction
JA=Japanese Author
NV=Novel
NF=Nonfiction
FT=Fantasy

宇宙英雄ローダン・シリーズ〈593〉

コスモクラートの敵《てき》

〈SF2228〉

二〇一九年五月二十日　印刷
二〇一九年五月二十五日　発行
（定価はカバーに表示してあります）

著者　トーマス・ツィーグラー　エルンスト・ヴルチェク
訳者　若《わか》松《まつ》宣《のり》子《こ》
発行者　早川　浩
発行所　株式会社　早川書房
郵便番号　一〇一 - 〇〇四六
東京都千代田区神田多町二ノ二
電話　〇三 - 三二五二 - 三一一一（大代表）
振替　〇〇一六〇 - 三 - 四七七九九
http://www.hayakawa-online.co.jp
乱丁・落丁本は小社制作部宛お送り下さい。
送料小社負担にてお取りかえいたします。

印刷・信毎書籍印刷株式会社　製本・株式会社川島製本所
Printed and bound in Japan
ISBN978-4-15-012228-7 C0197

本書のコピー、スキャン、デジタル化等の無断複製は著作権法上の例外を除き禁じられています。